KB012797

채널마스터
CHANNEL MASTER

채널마스터 12
CHANNEL MASTER

한태민 현대 판타지 장편소설

초판 1쇄 찍은 날 | 2019년 2월 1일
초판 1쇄 펴낸 날 | 2019년 2월 13일

지은이 | 한태민
펴낸이 | 예경원

기획 | 위시북스
편집책임 | 이규재
편집 | 위시북스

펴낸곳 | 예원북스
등록번호 | 제396-2012-000132호
등록일자 | 2012. 7. 25
KFN | 제1-365호

주소 | 경기도 고양시 일산동구 호수로 646-24 위너스21II빌딩 206A호 (우)10401
전화 | 031-819-9431 팩스 | 031-817-9432
E-mail | yewonbooks@naver.com

ISBN 979-11-89824-09-9 04810
      979-11-6098-760-7 (set)

채널마스터

CHANNEL MASTER

12

WISHBOOKS MODERN FANTASY STORY

한태민 현대 판타지 장편소설

Wish
Books

채널마스터
CHANNEL MASTER

CONTENTS

CHAPTER
1

　처음에만 해도 MC들은 한수의 연기가 그저 그렇겠구나 하고 생각했다.

　기대는 낮은 상태였다. 사실 높은 게 더 이상할 정도였다. 그러나 영화 촬영 내내 한수의 연기는 물 흐르듯 이어지고 있었다.

　부족한 점이 전혀 보이질 않았다.

　특히 감정 연기가 절묘하게 필요한 시기에 한수가 보여주는 연기는 MC들의 탄성을 자아내기에 충분했다.

　그렇게 짧은 연기 촬영이 끝나고 그 날 촬영이 끝난 뒤 늦은 저녁 무렵 한수는 재차 이동하기 시작했다.

　그때 MC들이 한수를 보며 물었다.

　"연기 못 한다고 들었는데……. 되게 잘하시는데요?"

배우 출신의 MC는 연신 감탄하고 있었다.

얼마 안 되는 시간이었다.

방송을 통해 보여진 시간은 몇 분 남짓이었고 그것만 놓고 판단하기엔 이를지도 몰랐다.

하지만 그는 단번에 알 수 있었다. 한수의 연기에 내공이 실려 있다는 것을 말이다.

누가 들으면 이상하게 생각할지도 모르는 일이다.

한수는 이제 막 연기를 시작한 신인 배우였다. 그런 한수한테 베테랑 배우라는 평가를 붙이기엔 너무나도 어색한 일이었다.

그렇지만 방금 전 연기 한 토막을 보고 그가 느낀 감상은 딱 그러했다.

내공이 녹아 있는 베테랑 배우의 열연을 보는 듯한, 그런 느낌이 컸다.

배우 출신 MC가 한수에게 물었다.

"한수 씨, 혹시 맨체스터에 살면서 연기도 함께 배웠어요?"

"예?"

"아니, 진짜 궁금해서 묻는 거예요. 방금 전 연기…… 저 솔직히 되게 많이 놀랐어요. 기사 뜨는 것도 봤고 그 유튜브에 올라온 영상도 봤지만…… 그때 한수 씨 욕 많이 했거든요. 저뿐만 아니라 업계 관계자들 대부분 한수 씨 욕 많이 하긴 했지만요."

"아, 예. 그럴 수 있죠."

"그때만 해도 노래하고 축구나 계속하지 뭐하러 되지도 않는 연기를 하려 하나, 이 생각이었는데…… 지금 보니 느낌이 확 다르네요. 한수 씨 영화를 믿고 보러 가도 될 것 같다고 생각하고 있거든요. 저 짧은 연기가 저 정도인데 실제 영화 찍으면서 어떤 모습을 보여줄지 되게 기대 중이에요. 저 이렇게 기대해도 되나요?"

한수가 웃으며 대답했다.

"물론이죠. 충분히 기대하셔도 됩니다."

그러는 사이 화면이 바뀌었다.

스포츠카를 끌고 한수가 향한 곳은 강남이었다.

늦은 저녁 강남에 한수가 온 이유는 하나였다.

윤환이 운영하고 있는 가게인 「소주 한 잔」에 들리기 위함이었다.

미리 연락을 받고 「소주 한 잔」에 나와 있던 윤환이 한수를 격하게 반겼다.

"어서 와라."

"……안 어울리게 이게 뭐예요? 촬영 안 하고 있다고 생각하고 평상시처럼 행동해요."

"나 지금 딱 평소 모습 그대로인데? 얼마나 내가 자상한 형이냐? 안 그래?"

"……하, 진짜 이 형 안 되겠네. 가볍게 술이나 한잔하죠."

"너 운전은 어떻게 하고?"

"대리 불러야죠. 안 되면 여기서 하룻밤 자고 갈게요."

"됐거든. 우리 가게에 너 재울 곳 없다."

"VIP한테 너무하는 거 아니에요?"

투덕거리던 두 사람은 이내 프라이빗룸으로 향했다.

그때 영상이 잠시 멈췄고 MC들이 한수에게 질문을 해왔다.

"윤환 씨하고 정말 친하신가 봐요?"

"친하긴요. 그냥 비즈니스 관계예요."

"에? 정말요? 그런데 윤환 씨는 인터뷰에서 한수 씨를 믿고 한수 씨 소속사로 이직했다던데요?"

"……그거 다 말도 안 되는 소리, 크흠. 뭐, 그냥 형이 저를 알뜰살뜰하게 잘 챙겨주긴 하죠."

한수는 어색하게 웃으며 말했다.

"거짓말하는 거 같은데요? 거짓말 맞죠?"

"그럴 리가요. 크흠, 어쨌든 친한 형인 건 맞습니다. 물론 비즈니스로 얽혀 있긴 하지만요."

윤환은 얼마 전 구름나무 엔터테인먼트와 계약 만료된 이후 한수가 속해 있는 1인 기획사로 이직했다.

윤환만이 아니었다. 3팀장 밑에 있던 김 실장도 함께 회사를 옮겼다.

구름나무 엔터테인먼트 입장에서는 속이 쓰릴 수밖에 없는 일이었다.

그것 때문에 2팀장이 왕창 깨졌다는 소문이 돌기도 했지만 확실하진 않은 이야기였다.

어쨌든 윤환은 지금 한수와 같은 소속사가 되었고 그것 덕분에 예능 프로그램에서는 두 사람을 함께 섭외하려는 움직임이 부쩍 늘고 있었다.

대표적으로는 「하루 세끼」가 있었다.

「하루 세끼」 시즌2의 시청률이 썩 높은 편이 아닌 데다가 한수와 윤환 그리고 승준의 조합을 보고 싶어 하는 시청자들이 적지 않았기 때문이다.

박 대표나 한수, 윤환도 그것을 긍정적으로 생각 중이었다.

「하루 세끼」는 한수가 황 피디와 처음 인연을 맺은 프로그램이었고 한수가 세계적인 스타가 될 수 있게 여러모로 도움을 준 프로그램이었다.

한수 입장에서 시즌2는 호재였으면 호재였지 독이 될 일은 없었다.

그러나 지금 당장 출연할 수는 없는 일이었다.

현재로써는 영화 촬영에 집중해야 했다.

「1인 가족」에 출연한 건 연기력 논란을 조금이라도 줄이기 위함이었다.

실제로 오늘 한수의 연기를 보고 배우 출신 MC도 연신 감탄사를 낸 걸 생각하면 분명히 연기력 논란을 줄일 수 있을 터였다.

한편 그렇게 윤환이 운영 중인 「소주 한 잔」에서 한수는 윤환에게 속 시원하게 이야기를 털어놓기 시작했다. 주된 이야기는 역시 연기에 대한 고민이었다.

윤환이 한수를 보며 물었다.

"그러게 너는 왜 안 해도 되는 연기를 굳이 하려 하냐?"

윤환이 꺼내 놓는 질문에 MC들이 화면에 시선을 고정시켰다.

어떻게 보면 지금 윤환이 하는 이야기는 핵심을 찌르는 질문이었다.

한수가 그 말에 조심스럽게 입을 열었다.

"발연기, 발연기 그러잖아요. 실제로 발연기 맞기도 했고요. 하하."

"하긴 그랬지. 내가 그래서 너한테 그랬잖아. 너는 절대 연기하지 말라고. 연기하는 것보다 노래만 꾸준히 하는 게 훨씬 낫다고."

"음, 형이 그런 말을 하긴 했었죠."

윤환이 그런 한수를 애잔한 눈으로 바라봤다.

불과 1년 전만 해도 국민 영웅이었던 한수였다.

해외 축구를 즐겨보는 팬들은 물론 그렇지 않은 사람들도 한수의 이름을 알 정도였다.

단순히 축구 하나 때문에 그런 건 아니었다.

노래도 있었다.

미국과 영국 등에서 불어 닥친 한스 신드롬. 그래서 몇몇 사람은 한수를 신랄하게 비난했다.

축구나 노래 등 충분히 명성을 얻을 수 있는 데다가 돈을 벌 방법도 많은데 굳이 연기에 도전하는 이유를 알 수 없다는 게 대부분의 반응이었다.

잘해봤자 본전이고 못하면 엄청 욕을 들어먹을 게 뻔했기 때문이다.

윤환이 소주 한 잔을 한수에게 건네며 말했다.

"후회 안 하냐?"

"그럼요."

"정말? 나라면 후회할 거 같은데?"

"만약 형이면 어떻게 했을 거 같은데요?"

갑작스러운 질문에 윤환이 생각에 잠겼다.

곰곰이 고민하던 그가 차분한 목소리로 입을 열었다.

"내가 만약 너였으면…… 굳이 연기에 도전을 안 했겠지. 너는 연기를 안 해도 할 수 있는 게 엄청 많잖아. 굳이 연기를 해야 할 필요는 없는 거 아니었어?"

한수가 그 말에 고개를 끄덕였다.

만약 한수가 정상적이었다면 연기에 도전할 생각은 안 했을 것이다.

안전하게 돌다리만 건넜을 터였다.

대부분의 MC들도 윤환 말에 공감하는 듯 고개를 끄덕였다.

누가 봐도 지금 상황은 한수가 괜히 무리하게 연기에 도전했다가 욕만 얻어먹고 있는 경우였다.

그때 가만히 고개를 끄덕이던 한수가 웃으며 말했다.

"그래도 저는 도전해 보고 싶었어요."

"도전이라고?"

"예, 솔직히 주연 배우로 시작할지는 전혀 생각지도 못했어요. 조연, 아니, 단역 배우로 시작하고 싶었거든요. 아마 그러면 이런 논란도 없었겠죠? 그래서 그게 조금 아쉽긴 한데…… 저를 믿고 섭외해 주신 만큼 최선을 다해서 해보려고요."

"그래. 네가 정말 최선을 다한 모습을 보여준다면 관객들도 너를 믿고 영화관을 찾아가겠지. 힘내라."

"고마워요, 형."

윤환은 한수에게 있어서 정말 든든한 형이었다.

그 덕분에 한수는 연예계 생활을 남들보다 훨씬 더 수월하게 시작할 수 있었고 슈퍼스타가 된 지금까지 탄탄대로를 달릴 수 있었다.

만약 윤환이 없었더라면 「하루 세끼」에 출연하는 게 가능했을까?

불가능했을 것이다.

그 당시에만 해도 한수는 별 볼 일 없는 연예인이었다.

고작 해봤자 「자급자족 in 정글」하고 「숨은 가수 찾기」 정도에 출연한 게 전부였다.

게다가 안팎으로 트러블이 산재해 있었다.

배우 정수아하고의 트러블도 그렇고 「트루 라이즈」 피디였던 장석훈 피디와의 관계도 좋지 않았다.

그렇다 보니 실제로 한수를 섭외하려고 하는 피디들은 그 당시만 해도 적은 편이었다.

「자급자족 in 정글」 같은 경우 배우 정수아 사건으로 똘똘 뭉친 경우였지만 다른 예능 프로그램은 그렇지 않았기 때문이다.

오히려 몇몇 피디들은 한수를 대단히 위험하게 여기는 경우가 많았다.

그 때문에 그래도 별일 없이 굴러가던 프로그램 하나가 아예 폐지될 뻔하기까지 했으니까.

그나마 「하루 세끼」에 한수가 출연할 수 있었던 것은 어디까지나 윤환 덕분이었다.

실제로 황 피디도 「하루 세끼」 촬영이 끝나고 1화, 2화가 방송을 타며 점점 반응이 뜨거워지면서 시청률이 역대 최고점을 찍었을 때 한수한테 고백 비슷하게 이야기한 적 있었다.

만약 윤환이 함께 출연하기로 하지 않았다면 제아무리 황금사단이고 황 피디였어도 한수를 함께 캐스팅하는 건 불가능했다고 말이다.

촬영이 끝나고 또 한수의 활약 덕분에 시청률이 계속해서 급상승했기에 망정이지 TBC 내부에서도 굳이 한수를 캐스팅해야 하느냐에 관해서 갑론을박이 엄청 오고 갔었다고 했을 정도였다.

한수는 그런 썰들을 MC들한테 적당히 걸러서 풀어놓았다.

MC들 모두 이해할 수 없다는 얼굴로 한수를 바라봤다.

배우 출신의 MC가 한수에게 물었다.

"굳이 그렇게까지 하면서, 또 남들의 비난을 받으면서 연기를 해야 하나요?"

그의 말에는 진심이 담겨 있었다.

한수가 대답했다.

"예전에 맨체스터에 있을 때였어요."

다들 한수 말에 귀를 쫑긋 세웠다.

"틈만 나면 자원봉사를 하러 다녔어요. 아이들하고 주로 어울리곤 했죠. 물론 훈련은 정말 성실하게 받았어요. 그 점은 걱정하지 않아도 돼요."

"봉사활동 중에 무슨 일이 있었나요?"

"아이들은 정말 좋아했어요. 당시 제 입으로 이런 말 하긴 뭐하지만 저는 맨체스터에서 꽤 유명했거든요. 하하."

다들 고개를 끄덕였다.

한수는 맨체스터 시티의 영웅이었다. 당연히 맨체스터의 시민들에게도 한수는 범접할 수 없는 슈퍼스타였을 터였다. 그런 한수가 꾸준히 봉사활동을 다녔으니 맨체스터 내에서 평판이 좋을 수밖에 없었다.

게다가 실제로 그는 오아시스 밴드를 끌어모아서 맨체스터에서 맨체스터 페스티벌을 연 적도 있었다.

당시 모인 모든 수익은 맨체스터뿐만 아니라 유럽 각지에서 테러 때문에 희생된 피해자들을 위해 전액 사용되기도 했다.

그런 모든 것을 종합해 볼 때 한수의 방문은 누구에게도 즐거움이 되었을 터였다.

"병원에 입원한 아이들은 대부분 텔레비전을 끼고 살아요. 아무래도 움직일 수 없는 데다가 심심하고 따분할 테니까 텔레비전을 벗 삼아 지내는 거죠. 그건 고아들도 마찬가지예요. 그러면서 아이들이 주로 보는 건 영화더라고요. 이를테면 해리포터 같은 영화요."

한수는 재차 말을 이었다.

"그리고 그런 아이들은 영화 속 주인공한테 정말 많은 영향을 받게 돼요. 그걸 보면서 생각했어요. 어쩌면 이 세상에 진짜 많은 영향력을 가져다주는 건 이런 대중매체가 아닐까 하는 생각요. 영화든 드라마든 예능이든 상관없이 사람들에게 정말 많은 영향을 미칠 수 있잖아요. 그러니까 몇몇 스타들이 구설수에 오르면 그만큼 비난을 많이 받는 것일 테고요."

"아무래도 그렇죠."

"그래서 저는 요즘 그런 꿈을 꾸고 있어요."

"무슨 꿈이죠?"

한수가 말했다.

조금씩 어렴풋이 잡히는 채널 마스터의 궁극적인 지향점이 있었다.

"저는 더 많은 사람에게 영향을 끼칠 수 있는 그런 사람이 되고 싶어요. 물론 부정적인 영향이 아니라 긍정적인 영향을요. 그래서 영화배우가 되려고 해요. 더 많은 사람에게 다가갈 수 있을 테니까요. 이번에 찍기로 결심한 영화도 그런 이유에서였고요."

그리고 한수의 진심이 담긴 말은 「1인 가족」 촬영이 끝난 뒤 방송을 탔을 때 사람들에게 잔잔한 파문을 일으킬 수 있었다.

한동안 한수는 정신없이 바쁘게 지내야 했다.

영화 촬영 때문이었다.

영화 촬영은 전반적으로 순조로웠다.

처음 장수전 감독이 가장 우려했던 발연기가 해결되자 한수는 물 만난 고기인 양 활약했고 후반 작업 때 어떻게 편집을 해야 할지 고민이 될 만큼 좋은 장면들이 속속 뽑혀 나왔다.

특히 영화 촬영 도중 백미를 장식한 건 「1인 가족」이 방송을 타고 며칠 안 되어서였다.

「1인 가족」에서 한수가 던진 메시지는 사람들에게 잔잔한 감동을 선사했다.

그가 섣부르게 연기를 하려는 게 아니라는 걸 대부분 느낄 수 있었다.

실제로 만약 한수가 인기나 돈 때문이라면 굳이 연기할 필요가 없다면서 옹호론이 조금씩 힘을 얻은 것도 적지 않은 영향을 끼쳤다.

그 덕분에 좋지 않던 여론은 다소 우호적으로 돌아선 상태였다.

한수가 얼마큼 연기를 하는지 지켜보고 판단을 내리자는 사람들도 다수였다.

"참 사람들 웃긴다. 지네가 뭐라고 판단을 내리느니 마느니 난리야. 안 그래?"

"뭐, 그럴 수 있지. 익명성에 기대서 이야기하는 거잖아. 그 정도는 신경 안 써."

"진짜?"

"실제로 영화 개봉하면 내 연기가 발연기인지 아닌지 알 거 아니야. 그때 명예 회복하면 그만이지."

"너무 여유 부리는데? 그보다 오늘 촬영 준비는 잘했어?"

"물론이지."

한수는 서현과 대화를 나누며 오늘 촬영 내용을 재차 복기했다.

오늘은 중요한 장면을 촬영하는 날이었다.

한수가 서현과 처음 만나는 날이었다.

두 사람의 감정적인 교류가 가장 중요했다.

버스킹을 하는 도중 서현이 한수의 노래에 마음이 이끌려 무대를 보게 되고 그러다가 두 사람 사이에 호감이 싹트게 되는 중요한 장면이었다.

"한수 씨, 촬영 준비 다 됐어요?"

"예, 그럼요."

홍대 입구 주변은 조용했다. 주변에서 인원을 통제하고 있었다.

영화 촬영 중이라는 말에 통제선 너머는 사람들로 즐비했다.

그들 모두 촬영 현장을 보며 저마다 이야기를 속닥거리고 있었다.

"촬영하나 봐. 맞지?"

"영화 촬영이래. 그 발연기, 누구였지?"

"강한수?"

"어. 그 사람 나온다던데? 김서현도 있대."

"와, 진짜 연예인은 달라도 다르네. 비율 봐. 완전 죽인다."

서현이 먼저 촬영 현장 안으로 들어오자 사람들 수군거림이
심해졌다.

그럴 수밖에 없었다. 늘씬하고 큰 키에 주먹만큼 작은 얼굴,
그 얼굴 안에는 뚜렷한 이목구비가 오밀조밀 들어차 있었다.

누가 봐도 사기라는 말이 나올 만큼 그녀는 군계일학처럼
유독 빛나고 있었다. 그리고 촬영 현장에 들어온 서현은 등에
메고 있던 기타 케이스를 내려놓은 뒤 기타를 꺼내 천천히 연
주를 시작했다.

잔잔한 노래와 더불어 맑은 음색의 목소리가 조금씩 조용
하던 이 공간을 메우기 시작했다.

한수는 눈을 감은 채 그녀의 노랫소리를 감상했다.

듣기 좋았다.

잘 부르는 건 아니었다.

하지만 사람의 가슴을 묘하게 잡아끄는 그런 느낌이 존재
했다.

그렇게 서현이 연주하는 도중 한수가 촬영 현장에 천천히

발을 내디뎠다.

사람들의 시선이 한수에게 쏠렸다.

「1인 가족」 덕분에 사람들의 시선은 한수에게 보다 더 호의적으로 바뀌었다.

이제 남은 건 그 호의적인 시선을 완전히 굳힐 수 있느냐 여부였다.

만약 여기서 한수가 그런 모습을 보여줄 수 있다면 여기 모인 사람들만이라도 자신의 팬으로 끌어들일 수 있게 될 터였다.

그리고 한수는 촬영 현장에 멈춰 섰다.

그 역시 기타를 집어 들었다. 길을 지나가던 엑스트라들이 한수를 힐끔힐끔 바라봤다.

한수의 행색은 보기 좋지 않았다.

낡아빠진 옷에 머리도 지저분했다. 얼굴에도 그가 얼마나 고초를 겪고 있는지 훤히 드러나 보일 정도였다.

이제 중요한 건 대본 리딩 현장에서 보여줬던 그 열연.

그 열연을 재현해 내야만 했다.

카메라 감독이 장 감독을 보며 물었다.

"어때요? 그때 대본 리딩 현장만큼 해줄까요?"

"그럼 우리 배우를 믿어야지. 누구를 믿겠어요? 뭐, 그때만큼은 아니어도 그 절반만 해줬으면 싶긴 한데……."

막상 현장에서 제 실력을 발휘하지 못하는 배우들도 많다.

야외 촬영을 버거워할 때면 더욱더 그렇다.

한수가 부디 그런 경우가 아니길 바랄 뿐이다. 그러나 도입부부터 꼬일 일은 없을 것이다.

한수가 가장 자신 있어 하는 노래니까. 기타를 치면서 노래를 부르면 되는 일이다. 한수에게는 어렵지 않다.

그는 세계적인 뮤지션이니까. 문제는 그다음이다.

눈빛만 마주쳤는데 호감이 싹트면서 서로에게 운명적인 사랑을 느끼게 되는 바로 그 부분의 감정묘사를 잘해낼 수 있을까?

여전히 그 부분에 있어서는 불안한 게 없지 않아 있었다.

한수가 첫 곡으로 선곡한 노래는 에드 시런의 「Shafe of You」였다.

그가 내한 공연을 할 당시 한수는 영화 촬영에 에드 시런의 노래를 써도 되는지 허락을 구한 적이 있었고 에드 시런은 흔쾌히 그 요청을 들어줬다.

그리고 한수가 선곡한 노래는 「Shafe of You」로 그 이유는 이 노래가 사랑하는 여자를 처음에는 가볍게 만나지만 그 이후 점점 서로에 대해 알아가면서 깊은 감정이 싹트게 되는 메시지를 주고 있어서였다.

게다가 뮤직비디오를 보면 부유하지 않은, 넉넉하지 못한 삶을 살고 있는 두 남녀의 사랑 이야기인 만큼 이번 영화의 내용과 적절하게 맞아떨어진다고 볼 수 있었다.

The club isn't the best place to find a lover
클럽은 연인을 찾기에 최고의 장소는 아니야

한수가 부르는 노래가 시작되었다.

감미로운 목소리에 제대로 울림을 주는 노래가 삽시간에 이곳을 메우기 시작했다.

그 정도로 한수가 뿜어내는 성량은 상상 이상이었다.

그렇게 한수는 절절하게 자신의 감정을 담아 노래를 불렀고 그 노래에 서현이 귀를 기울이기 시작했다.

한수처럼 버스킹 중이던 서현, 아니, 유인하가 김형준에게 걸어왔다.

그리고 그녀는 기타를 든 채 김형준을 빤히 올려다봤다.

그러나 김형준은 눈을 감은 채 노래 중이었다.

게다가 그는 인기척도 느끼지 못할 만큼 노래에 집중하고 있었다.

카메라 감독은 두 사람의 시선이 서로 맞닿는 것에 집중했다.

이제 여기서 두 사람 간의 감정이 터져 나오면 된다.

그리고 유인하가 노래를 끝낸 김형준을 보며 물었다.

"당신, 좋아해도 돼요?"

김형준은 그런 유인하를 바라봤다.

그리고 웃으며 입을 열었다.

"감당할 수 있겠어요? 그렇게 쉽게 말하면 안 될 텐데요?"

"컷!"

장 감독이 손을 들었다. 중요했던 장면이 끝났다.

나쁘지 않았다.

특히 유인하의 감정이 확실히 살아 있었다. 그것을 받아치는 김형준의 대답이나 분위기도 좋았다.

한편 한수는 잠깐 쉬는 동안 조금 전 유인하, 아니, 서현이 했던 대사를 다시 상기했다.

그녀의 말에서 느껴지던 건 진심이었다. 그랬기에 한수는 더욱더 연기에 집중할 수 있었다.

실제로 그가 했던 대사 역시 서현에게 하고 싶었던 대사였으니까.

누군가를 사귀는 건 나쁜 일이 아니다.

지현도 한수에게 호감을 갖고 있지만 그건 서현도 마찬가지다.

무엇보다 서현은 국내 이십 대 여배우 중에서는 세 손가락

안에 손꼽힐 만큼 연기력이 뛰어나고 필모그래피도 훌륭하다.

그뿐만 아니라 그녀는 이렇다 할 스캔들 한번 나본 적이 없고 거기에 팬층도 두껍다.

한마디로 이십 대뿐만 아니라 모든 여배우를 통틀어서 톱 클래스에 들어간다는 의미다.

물론 한수가 그에 꿀리는 건 전혀 아니다. 그는 세계적인 스타였다.

그에게 러브콜을 보내는 연예인들은 적지 않았다.

당장 할리우드를 가도 한수에게 불쑥 고백해 올 연예인도 꽤 있을 것이다.

게다가 한수의 휴대폰에는 애쉴리의 전화번호가 아직 저장된 채 남아 있었다.

그녀는 종종 한수에게 연락을 해오곤 했다. 질척거리는 대화가 아니었다. 평범한 일상을 나누는 대화였다.

그래서인지 오히려 그게 더 신경이 쓰이곤 했다.

그녀와 대화를 하다 보면 그녀 역시 자신한테 호감이 있음을 알 수 있었으니까.

잡생각을 뒤로 한 채 한수는 계속 대본을 체크했다.

오늘은 홍대 입구에서 찍어야 할 씬들을 전부 다 촬영할 예정이었다.

그렇다 보니 저녁 늦게까지 촬영이 잡혀 있었다.

특히 새벽녘 무렵에는 도주씬에 이은 격투씬도 찍어야만 했다.

그렇다 보니 한수는 틈만 나면 무술 감독한테 불려가서 합을 맞추는 연습을 거듭하곤 했다.

그러나 연기와 달리 이 부분은 좀처럼 늘질 않고 있었다.

그것 때문에 장 감독은 아예 유인하를 싸움도 잘하는 걸크러쉬로 등장시켜야 하나 고민하고 있을 정도였다.

그 정도로 누군가와 맞부딪혀서 싸움을 해야 하는데 그 모습이 멋있기보다는 오히려 코미디 영화가 아닌가 싶을 정도로 우스꽝스러웠기 때문이다.

한수도 그것 때문에 골치가 아팠다.

「드라마」장르를 확보하긴 했다. 하지만 이 장르와 액션은 전혀 연관이 없었다.

결과적으로 모든 장르를 전부 다 얻어야만 어떤 연기든 간에 문제없이 소화할 수 있다는 의미가 되어버리는 셈이었다.

하나만 부족해도 제대로 된 연기가 나오지 않는 것과 같았다.

'결국 「액션」을 확보해야 하나?'

한수는 곰곰이 생각을 거듭했다.

사실 어떤 장르를 확보하든 크게 중요하진 않았다.

사실상 국내 영화계의 제작 여건상 써먹기 힘든 「SF/판타지」 장르를 제외하면 어떤 장르든 간에 확보해 두기만 한다면 쓸모는 있게 될 터였다.

한수는 「드라마」 장르를 처음 확보했을 때를 떠올렸다.

「드라마」 장르를 확보한 이후 한수는 관련 영역에 속해 있는 모든 영화를 볼 수 있었다.

그리고 한수가 제일 먼저 보기 시작했던 건 「원스(Once)」나 「비긴 어게인(Begin Again)」 같은 이번 영화와 관련이 높은 그런 영화들이었다.

그리고 실제로 이 영화들을 본 건 한수가 영화를 이해하고 연기를 끌어올려 주는 데 있어서 정말 많은 도움을 줬다.

이제 관건은 「액션」 역시 그렇게 도움을 줄 수 있느냐 여부였다.

만약 도움을 줄 수 있다면?

지금 당장에라도 확보하는 게 도움이 될 터였다.

무엇보다 한수에게는 장르 하나를 확보할 수 있는 명성 포인트가 있었다.

고민 끝에 한수는 명성 포인트를 이용해서 「액션」 장르를 확보했다.

동시에 대분류로 구분되어진 일곱 가지 장르 가운데 한수는 두 개의 장르를 확보하는 데 성공할 수 있었다.

「액션」을 확보하긴 했지만 얼마나 도움이 될지는 막상 적응을 해봐야 알 수 있는 일이었다.

한수는 쉬는 시간 동안 휴대폰을 스슥 만지작거렸다.

그리고 그는 확보해뒀던 영화 채널인 「OVN」 채널을 재차 활성화했다.

영화 장르 가운데 「드라마」뿐만 아니라 「액션」 장르도 확보가 되어 있었다.

그는 천천히 「액션」 장르에 속하는 영화를 훑어보기 시작했다.

개중에서 한수가 골라낸 건 영화 「아저씨」였다.

국내 최고 톱스타 중 한 명인 배우 원성준이 주연으로 나온이 영화는 잔인한 연출 때문에 청소년 관람 불가 판정을 받았음에도 불구하고 600만 명이 넘는 관객을 끌어모으며 흥행에 성공했다.

특히 영화에서 배우 원성준이 보여준 카리스마 넘치는 액션씬은 가히 명불허전이라고 할 수 있었다.

특히 그가 펼친 무술은 칼리 아르니스(Kali Arnis)라는 필리핀의 전통 무술이었다.

그리고 한수는 영화 「아저씨」를 보면서 영화 속에서 배우 원성준이 펼치는 무술 장면에 정신없이 빠져들기 시작했다.

이번 영화의 무술 감독 장연홍은 한수를 보며 불만이 적지않았다.

발연기 논란을 처음 접하고 영상을 봤을 때 그는 이번 영화가 망한 게 아닌가 싶은 생각이 들었다.

그래도 좋은 조건이 주어졌기에 계약을 했고 영화 촬영까지 오게 됐다.

거기에 대본 리딩 현장이나 실제 촬영 현장에서 한수가 연기하는 모습을 보며 문제 될 일은 없겠구나, 라고 생각했다.

실제로 제작비가 밀린 적은 한 번도 없었다.

영화 촬영은 순조롭게 진행 중이었다. 그러나 불만이 많은 건 하나, 한수의 무술 실력 때문이었다.

전직 축구 선수이니만큼 몸을 잘 쓸 거라고 생각했다.

축구도 신체적인 조건이 월등할수록 더 잘할 수 있는 스포츠이기 때문이다.

그런 만큼 엑스트라들과 합을 맞춰야 하는 액션씬 정도는 수월하게 소화할 수 있지 않을까 하는 생각이 있었다.

하지만 한수의 액션은 기대 이하였다. 눈을 썩게 할 정도로 형편이 없었다.

그것 때문에 꽤 오랜 시간 한수를 붙잡고 노력에 노력을 기울였다.

딱 한 번.

한 번만 합을 맞추면 되는 일이었다.

그렇게만 할 수 있다면 되는 건데 한수는 그 한 번을 해내질 못했다.

진짜 몸 쓰는 건 정말 어이가 없을 정도로 형편없는 게 바로 한수였다.

얼마나 열이 뻗쳤으면 평소 부처라고 불리는 장연홍 무술 감독이 이렇게 화를 냈겠는가.

그렇다 보니 장 감독이나 카메라 감독 등 다른 스태프들도 오늘 저녁에 있을 촬영에 촉각을 곤두세우고 있었다.

만약 자칫 잘못 촬영하다가 한수가 부상이라도 입으면 그것만큼 악재도 없기 때문이다.

촬영이라는 건 시간마다 막대한 돈이 들어가는 일이며 그런 만큼 가급적 빨리 촬영을 끝낼수록 이득이 될 터였다.

쉬는 시간 동안 한수가 무엇을 하는지 돌아보던 장연홍 감독 눈에 한수가 보였다. 그는 스마트폰으로 무언가를 보고 있었다.

장연홍 감독이 슬쩍 그 뒤로 걸어갔다. 그리고 한수가 영화 「아저씨」를 보고 있는 걸 보며 장연홍 감독이 눈살을 찌푸렸다.

영화 「아저씨」에 나오는 액션씬은 십수 년 넘게 합을 맞춰온 베테랑들도 좀처럼 따라 하기 힘든 것이었다.

일단 칼리 아르니스라는 전통 무술을 할 줄 알아야 하는 데다가 그러려면 어느 정도 꾸준한 노력이 필요하기 때문이다.

정말 타고나지 않는 이상 모든 것들은 다 시간과 노력을 기울여야만 했다.

그런데 한수가 지금 칼리 아르니스 영상을 보고 있다고?

그거야말로 뱁새가 황새를 쫓아가기 위해 다리가 찢어질 만큼 무리하고 있다는 의미였다.

장연홍 감독은 한수를 보며 혀를 찼다.

차라리 그럴 바에는 기본적인 합이라도 연구해두는 게 더 도움이 될 텐데 저러는 모습이 납득이 가질 않았다.

"겉멋만 들어서는……"

뭐라고 말을 하려던 장연홍 감독은 이내 돌아섰다.

굳이 가타부타 말을 꺼내고 싶진 않았다.

어디까지나 자신은 최선을 다했고 그것을 소화 못 한 건 배우의 잘못이었다.

그것도 잠시 장연홍 감독이 한수를 툭툭 쳤다.

영화에 한창 몰입 중이던 한수가 뒤늦게 반응했다.

"아. 감독님?"

"한수 씨, 그런 거 봐봤자 소용없어요. 그거 눈으로 본다고 따라 할 수 있을 거 같아요? 만약 그게 됐으면 한수 씨는 지금쯤 격투기 챔피언 되었을 거예요. 그러지 말고 합이라도 한 번 더 맞춰 봐요. 괜히 누구 한 명 다치면 서로 안 좋잖아요. 안 그래요?"

"아, 예. 알겠습니다. 그럴게요."

"휴, 좋아요. 다시 한번 갑니다."

장연홍 감독이 이따가 촬영하게 될 씬을 다시 한번 한수와 연습하기 시작했다.

수백 번도 더 넘게 연습한 동작이었고 그런 만큼 장연홍 무술 감독은 여유롭게 한수에게 주먹을 내뻗었다.

이제 여기서 한수가 주먹을 맞잡으며 동시에 장연홍 감독을 쓰러뜨려야만 했다.

그리고 장연홍 감독은 이번에도 한수가 이도 저도 못한 채 허둥지둥거리겠지 하는 생각을 하다가 자신도 모르게 균형을 잃으며 땅바닥을 그대로 굴렀다.

"어?"

딴생각 중이던 장연홍 감독이 고개를 갸웃거렸다.

그러다가 이내 한수를 보며 눈을 휘둥그레 떴다.

"지금 뭐한 거예요?"

"합 맞춰 본 건데요?"

"아니, 그전까지만 해도 분명히 이것도 제대로 못 맞췄었잖아요. 그런데 갑자기…… 합을 맞춘다고요?"

장연홍 감독은 적지 않게 당황한 듯했다.

그가 여전히 허둥지둥거리며 한수를 바라봤다.

그것도 잠시 그가 재차 말을 이었다.

"자, 잠깐만요. 다시 한번 해봅시다."

"예. 그럼요. 계속해 보죠."

그리고 장연홍 감독은 여러 번 더 뒹군 뒤에야 고개를 절레절레 저었다.

그가 눈살을 찌푸리며 물었다.

"아니, 이렇게 잘할 거였으면 진즉에 이렇게 해줬으면 좋았잖아요. 그동안 몸 고생, 마음고생 시켜놓고 이게 뭐예요?"

"몸에 익으려면 시간이 좀 걸려서요."

"어쨌든 잘했어요. 실전에서도 그렇게만 해주시면 돼요. 나머지는 우리 애들이 잘 받쳐 줄 거예요."

"예. 감사합니다."

"감사는요. 한수 씨가 알아서 잘 깨우친 거지. 그런데 진짜…… 어떻게 된 거예요?"

하루아침에 실력이 느는 건 불가능한 일이다.

꾸준히 집에서 연습을 했다고 가정해도 이해가 안 가는 일이다.

어떻게 해서 하루 만에 저렇게 실력이 일취월장해졌는지 여전히 납득이 가질 않았다.

촬영은 순조롭게 끝이 났다. 마지막 촬영한 격투신도 문제없었다. 장 감독은 그제야 후련하게 컷을 외칠 수 있었다.

촬영 현장을 정리하는 동안 한수도 슬슬 집에 돌아갈 준비를 했다.

오늘 새롭게 얻은 「액션」을 보다 더 유용하게 써먹고 싶은 마음이 있었다.

실제로 「액션」 영화는 「아저씨」만 있는 게 아니었다.

해외로 돌려보면 별의별 영화들이 있었다.

이를테면 「미션 임파서블」이나 「007」 같은 영화도 존재했다.

아니면 「본 트릴로지」도 도움이 되어줄 게 분명했다.

채널 마스터의 능력은 역시 신체적인 한계를 초월시켜 주는 게 분명했다.

만약 나중에 춤 관련 채널을 확보한다면 한수가 가장 힘들어하는 춤추는 문제도 해결될 터였다.

어쨌든 간에 한수가 볼 때 채널 마스터의 능력은 사기나 다름없었다.

그렇게 집으로 돌아가려 할 때 서현이 한수에게 걸어왔다.

그녀가 한수를 보며 물었다.

"집에 가려고?"

"응, 그래야지."

"내일도 촬영 있어?"

영화 촬영은 내일 없었다. 그밖에 다른 촬영 일정도 잡혀 있지 않았다.

내일은 온전히 쉴 수 있는 날이었다.

오랜만에 찾아온 달콤한 휴식을 여유 있게 즐길 생각 중이었다.

그때 서현이 한수를 보며 물었다.

"집까지 데려다주면 안 돼?"

"어? 지금?"

아직 김 실장이 밴을 구하지 못한 탓에 한수는 여전히 스포츠카를 이용해서 촬영장에 왔다가 집으로 돌아가길 반복 중이었다.

한수가 슬쩍 서현의 매니저를 쳐다보다가 서현에게 물었다.

"매니저는? 뭐라고 안 해?"

"알아서 하라던데? 괜찮아. 내 매니저 신경 쓸 일이 뭐 있어."

"알았어. 태워다주는 건 어렵지 않지. 가자."

한수는 서현을 태운 채 우선 서현의 집으로 향했다.

집으로 가는 동안 서현은 별다른 말이 없었다.

그건 한수도 마찬가지였다.

조용한 가운데 한수가 틀어놓은 노래만이 비어 있는 사운드를 메우고 있었다.

그때였다.

서현이 한수를 보며 물었다.

"그때 말이야."

"응? 언제?"

"너 휴가 갔을 때. 모로코."

"아, 모로코? 응, 그랬지. 만수르 왕자님이 초대해서 전용기 타고 갔다 오긴 했지."

"그날 비키니 입은 미녀들하고 크루즈에서 선상 파티를 했다고 기사가 떴잖아."

순간 한수는 움찔하며 브레이크를 밟고 말았다.

빠아아앙-

뒤에서 클랙슨 소리가 울렸다.

후방의 차 운전자는 갑자기 앞서가던 람보르기니가 급정거를 하는 바람에 기겁한 듯했다.

한수는 재차 액셀을 밟았다. 그리고 애써 침착하려 하며 물었다.

"그, 그런 일이 있긴 했지. 그런데 그건 왜?"

"그날 무슨 일 있었지?"

"어?"

"뭐랄까. 거기 갔다 온 이후로 네가 부쩍 변해버린 것 같아서 그래. 뭔가 이상하게 들릴 수도 있겠지만 네가 바뀐 거 같다는 느낌이 들어."

한수는 그 말에 속으로 침을 꿀꺽 삼켰다. 순간 머릿속으로 애쉴리의 얼굴이 스쳐 지나갔다. 새삼스럽게 여자의 촉은 엄청 좋다는 생각이 들었다.

어떻게 하면 그런 느낌이 든 건지 의아할 정도였다.

"별일 없었어. 그냥 신경이 예민해진 거 아니야?"

"글쎄. 나만 그런 게 아니더라. 지연이도 비슷한 생각을 하고 있더라고."

"……설마."

한수는 어색한 얼굴로 계속해서 운전에만 신경을 쏟았다.

가만히 그 모습을 보던 서현이 대수롭지 않다는 얼굴로 말했다.

"괜찮아. 어차피 그건 중요한 일이 아니니까."

"그래?"

그게 중요한 일이 아니라면 뭐가 중요한 일일까.

한수가 긴장의 끈을 바짝 조인 채 운전하고 있을 때였다.

서현이 입을 열었다.

"이제는 솔직해져도 될 거 같아."

"어?"

"너 좋아해도 되지?"

"……."

한수는 그 말에 멈칫할 수밖에 없었다.

서현을 집 앞에 내려주고 돌아오는 길.

한수는 여전히 정신이 혼미한 상태였다. 그것은 서현이 한수에게 한 이야기 때문이었다. 서현은 스스럼없이 한수에게 말했다.

그녀가 한수를 좋아하는 것만큼 지연도 한수를 좋아하고 있다는 것을.

그러나 둘 다 사귈 수는 없으니 둘 중 한 명을 고르거나 혹은 둘 다 사귀질 않거나 결정을 내렸으면 좋겠다고.

도발적인 그녀 제안에 한수는 당혹스러우면서도 올 것이 왔구나, 라는 생각이 들었다.

그렇지만 그녀가 먼저 이야기를 꺼낼 줄은 미처 생각지도 못한 일이었다.

하지만 어떻게 보면 충분히 예상해 볼 수 있는 일이기도 했다.

서현이나 지연이 한수에게 호감을 보인 적은 한두 번이 아니었다.

그럴 때마다 한수는 의도적으로 그것을 피하긴 했지만 더이상 피할 수 없는 시기가 찾아온 셈이었다.

어떻게 보면 두 사람 모두 우정보다는 사랑을 고른 셈이었으니까.

아무래도 오늘 촬영이 서현에게 적지 않은 영향을 끼친 듯했다.

영화 속 대사였지만 그것을 입 밖으로 꺼냈고 한 번 꺼낸 만큼 현실에서도 꺼낼 수 있게 되어버렸다.

집으로 오는 길 내내 한수의 머릿속은 서현이 방금 전 했던 말이 떠나지 않고 있었다.

결국 한수는 핸들을 돌렸다. 그리고 그가 향한 곳은 강남이었다.

한수의 연락을 받고「소주 한 잔」에는 이미 윤환이 도착해서 그를 기다리고 있었다.

"급한 일이라며? 무슨 일인데 그러냐? 촬영 망했어?"

윤환이 차에서 내리는 한수를 보며 의아한 얼굴로 물었다.

한수가 슬쩍 주변을 둘러봤다. 자신을 보는 눈길이 적지 않았다.

"들어가서 이야기해요."

한수는 윤환과 함께 프라이빗룸 안으로 들어왔다. 그리고 한수는 윤환에게 자초지종을 꺼내 놓았다.

가만히 이야기를 듣던 윤환이 한수를 지긋이 노려봤다.

지연은 윤환이 아끼는 가요계 후배였고 서현은 윤환이 각별하게 생각하는 여동생이었다.

둘 다 한수에게 호감을 품고 있는 건 알고 있었지만 그렇게 쑥맥이던 서현이 먼저 들이대고 볼 줄이야.

생각지도 못한 그림이었다.

"그래서 너는 어떤데?"

"……."

"만약 둘 다 거절하면 내 손에 죽는다."

"하하."

한수가 복잡한 심경에 머리를 긁적였다. 출구가 없는 미로 속에 빠진 것만 같았다.

한수가 윤환을 바라보며 말했다.

"형 손에 죽어야 할 거 같네요."

"어? 뭔 소리야? 너 설마……."

"미안해요, 형. 저는 둘 다 선택할 수 없어요. 제가 갖기엔 둘 다 너무 과분해요."

"인마! 개소리하지 말고. 너 진짜 그렇게 나올 거야?"

"조만간 만나서 이야기하려고요. 깔끔하게 정리하는 게 맞는 거 같아요."

윤환이 한수의 멱살을 쥐었다. 그러나 한수의 생각에는 변함이 없었다.

둘 다 좋은 친구였다. 서현은 배우로서 배울 게 많았다.

지연을 통해서는 작곡과 작사, 그리고 감성을 배웠다.

한수는 채널 마스터의 능력을 이용해서 상대방의 경험과 지식을 자신의 것으로 만들었다.

그것은 타인의 경험도 자신의 경험처럼 직접적으로 와닿게 해주는 것이었다.

그러나 실제로 서현이나 지연의 옆에서 그녀들이 하는 것을 보게 되면 채널 마스터로 얻는 것보다 더 많은 경험치를 쌓을 수가 있었다.

어째서일까?

요즘 들어 한수는 채널 마스터, 이 능력에 대한 고민이 많았다.

완전무결하다고만 생각했던 이 능력이 가끔은 그렇지 않게 느껴졌기 때문이다.

그것은 이번에 「액션」 장르를 확보하면서 보다 구체화되었다.

다만 누군가한테 이 사실을 털어놓고 솔직하게 이야기를 나눌 수 없기 때문에 혼자만의 고민으로 계속 떠안고만 있었다.

원래 한수는 몸치였다. 그래서 축구도 하는 것보다는 보는 걸 더 좋아했다.

한국 대학교에 다니기 전 다녔던 대학교 고시원에서 종종 조기축구를 뛰긴 했지만 그때마다 번번이 한수가 맡았던 포지션은 풀백이었다.

풀백이긴 했지만 이십 대 초반의 왕성한 활동량으로 열심히 뛰어다니기만 한 것일 뿐. 실력만 놓고 보면 최악이나 다름없었다.

괜히 한수가 깍두기 노릇을 한 게 아니었다.

만약 축구를 뛰는 인원이 한두 명만 더 많았어도 한수는 자동적으로 벤치 행이었을 터였다.

그렇다 보니 그가 맨체스터 시티에 입단했을 때 가장 놀랐던 건 성욱을 비롯한 대학교 고시원 사람들이었다.

실제로 어떻게 다른 누구도 아닌 한수가 맨체스터 시티에서 뛸 수 있냐고 기겁하는 경우가 잦았다.

그것이 가능했던 건 채널 마스터의 능력 덕분이었다. 그러나 한수가 노력을 안 한 건 아니었다.

지난 일 년 동안 한수는 누구 못지않게 가장 일찍 훈련장에 나와서 훈련을 했고 가장 늦게 퇴근했다.

그뿐만 아니라 피지컬 능력을 키우기 위해 일대일로 피트니스를 받고 웨이트 트레이닝을 꾸준히 해왔다.

그 덕분에 한수는 처음 능력을 얻기 전과 비교해서 깡말랐던 몸은 다부진 근육질로 오밀조밀하게 채워져 있었다.

그렇지만 그 다부진 근육질도 소용이 없었다. 무술 감독에게서 꾸준히 동작을 배웠지만 그래 봤자 소용없는 일이었다.

마치 밑 빠진 독에 물을 붓는 듯한 기분이었다.

노력만으로는 해결이 불가능했다.

그런데 채널 마스터의 능력으로 「액션」 장르를 확보하자마자 그동안 해결되지 않던 것들이 순식간에 해결되어 버렸다.

게다가 지난 시간 한수가 무술 감독을 찾아가서 꾸준히 합을 맞추며 연습했던 것들도 몽땅 경험치로 체득이 되어버렸다.

분명히 좋은 일이었다.

자신이 해왔던 노력을 인정한다는 의미였으니까. 그러나 한수 입장에서는 그럴수록 채널 마스터의 능력에 대해 의구심을 가질 수밖에 없었다.

예체능 계열은 재능이 정말 중요하다지만 노력으로 그 재능의 차이를 극복하는 경우도 꽤 많다.

그러나 채널 마스터는 그것을 송두리째 부정해 버리는 것이었다.

노력 없이도 특별한 재능을 얻게 해주기 때문이다.

하지만 채널 마스터의 능력에는 엄연한 맹점이 하나 존재했다.

자신이 확보하지 못한 채널과 관련 있는 능력은 좀처럼 얻는 게 불가능하다는 것이었다.

이것은 채널 마스터의 페널티였다. 보통 사람은 몇 년 절치부심해서 노력하면 얻을 수 있는 것들을 노력해도 얻을 수 없다는 점이 문제였다.

그러니까 어떻게 보면 채널 마스터의 능력은 한수를 강제로 억압하고 있는 것이나 마찬가지였다.

그때 가만히 한수를 노려보던 윤환이 멱살을 풀며 자리에 주저앉았다. 그리고 소주를 벌컥 들이켠 그는 재차 술을 따라 한 번 더 잔을 비워냈다.

그런 뒤 한수를 쳐다보며 물었다.

"이유라도 말해 봐. 어째서야?"

"절 좋아하는 여자가 있어요."

"……뭐라고?"

윤환은 적지 않게 충격을 받은 얼굴이었다.

그동안 스캔들은커녕 여자하고는 백만 광년쯤 먼 삶을 살아온 한수다.

대학교에 다닐 때도, 세계적인 뮤지션이 되어 투어를 다닐 때도, 심지어는 맨체스터 시티에서 축구 선수로 뛸 때도 여자와 한 번 정도는 엮일 법한데 한수는 그런 의혹이 단 한 건도 생긴 적이 없었다.

그렇다 보니 몇몇 기자는 한수가 게이가 아니냐 하는 그런 이야기를 했을 정도였다.

그런데 좋아하는 여자가 있다니.

윤환이 한수를 바라봤다.

"……너도 좋아해?"

"어, 음, 좋아하는 거 같아요. 신경이 여러모로 쓰이거든요."

"누군데? 누구야? 누구냐고!"

"그 날 모로코에서 만났던 여자예요. 애쉴리라고. 형은 모르는 사람이에요."

"와, 만약 국내 연예인 중 한 명이었으면……. 그래서 사귀는 거야?"

"그건 아니에요. 그냥 연락만 주고받고 있어요. 얼마 뒤 국내에서 패션쇼 있다고 잘하면 올 수 있다고 한 거 같기도 한데……. 올지 안 올지는 모르겠네요."

"후, 서현이나 지연이한테는 뭐라고 말하려고?"

"사실대로 말해야죠. 별수 있겠어요?"

윤환은 한수의 잔에 소주를 가득 채웠다.

한수는 소주를 털어 넣었다.

두 사람이 자신에게 호감을 갖고 있다는 걸 몰랐던 건 아니다.

그러나 둘 중 한 명을 선택할 수는 없는 문제였다.

둘 중 한 명만 알고 있는 것이라면 모를까 이미 두 사람은 한수의 몇 안 되는 친구였기 때문이다.

결국, 한수는 사랑 대신 우정을 선택할 수밖에 없었다.

"지연이하고 서현이한테는 말하지 말아줘요. 제가 직접 말할게요."

"휴, 그래. 알았다."

윤환도 더는 할 말이 없었다.

한수는 이미 선택을 내린 상황이었고 그 결정을 번복하게 하는 건 옳지 않은 일이었다.

　말은 그렇게 했지만 남녀 간의 연애사에 간섭하는 것만큼 어리석은 일도 없다는 걸 누구보다 잘 알고 있었기 때문이다.

　결국, 그 날 두 사람은 정오가 될 때까지 프라이빗룸에서 걸어 나오질 못했다.

　한수는 솔직하게 자신이 생각하는 바를 두 사람을 번갈아 만나 이야기했다.

　의외로 두 사람의 반응은 생각했던 것보다 격하지 않았다.

　아쉬워할 뿐 그 이상의 반응은 보이지 않았다.

　오히려 한수가 도리어 놀랐을 정도였다. 그러나 여자가 한을 품으면 오뉴월에도 서리가 내린다는 말이 있다.

　한수 대신 그녀들의 분노를 고스란히 산 것은 승준이었다.

　승준이 두 사람을 중재한 일 때문에 두 명 모두 타이밍을 놓쳐 버렸고 그 와중에 한수가 만수르 왕자를 만나러 놀러 갔다가 괜히 엉뚱한 여자가 한수를 채가 버렸기 때문이다.

　어쨌든 그것과 별개로 촬영장 분위기는 나쁘지 않았다.

　서현은 연기에 있어서 프로였다. 그녀는 공과 사를 완벽하게 구별할 줄 알았다.

한수의 연기력이 전혀 문제없는 데다가 촬영마다 실수 없이 촬영을 한 큐에 마쳤기 때문이다.

그 덕분에 촬영은 속도감 있게 진행될 수 있었다.

그러는 동안 한수는 채널 마스터 능력에 대해 계속해서 테스트를 거쳤다.

어떻게 해서 이 능력이 자신에게만 적용이 되는 것이며 왜 확보하지 못한 채널과 연관 있는 능력은 노력해도 효과를 낼 수 없는지 그 점을 알아보고자 함이었다.

그렇지만 마땅찮은 방법이 없는 게 문제였다.

이 텔레비전은 지금 시대로 치면 몇 세대는 훌쩍 앞서 있는 첨단 기술로 만들어진 것이었다.

겉모습만 구형 텔레비전일 뿐 한수는 이 텔레비전을 분해하는 게 가능한지조차 모르고 있었다.

'차라리 한번 분해를 해볼까?'

의구심이 차오르니 별의별 생각이 들었다. 그러나 막상 그렇게 하려니 용기가 나질 않았다.

황금알을 낳는 거위의 배를 가르는 느낌이었다.

굳이 이런 쓸데없는 의문 없이도 한수는 채널 마스터 덕분에 남들은 평생 가도 이루지 못할 일들을 해내는 데 성공했다.

판도라의 상자를 굳이 열 필요는 없는 것이다.

그렇게 한창 촬영에 바쁜 가운데 뜻밖의 소식이 들려왔다.

세계 체스 선수권 대회가 국내에서 열린다는 것이었다.

두 달 뒤 열리는 이번 대회에는 국적을 불문하고 참가가 가능하지만 ELO 레이팅이 2,500을 넘는 그랜드마스터만 참가가 가능하다는 게 특별한 점이었다.

달리 드는 의문점이 있다면 국내에는 ELO 레이팅이 2,500을 넘는 그랜드마스터가 단 한 명밖에 없다는 점이었다.

그런데 굳이 국내에 와서까지 세계 체스 선수권 대회를 여는 의도가 궁금할 수밖에 없었다.

ELO 레이팅이 2,800을 넘는 세계 랭킹 1위인 노르웨이의 칼센.

한수는 그를 상대로 패승승을 기록한 적이 있었다.

차라리 세계 체스 선수권 대회를 연다면 슈퍼 그랜드마스터들이 즐비한 유럽 혹은 미국에서 대회를 여는 게 맞는 일일 터였다.

그게 아니면 아시아에서는 슈퍼 그랜드마스터가 가장 많은 중국이 그다음 개최지로 유력할 터였다.

그런데 굳이 한국을 고집하는 이유가 무엇인지 알 수 없었다.

그 날도 촬영을 끝낸 뒤 한수는 집으로 돌아왔다.

그리고 그는 컴퓨터를 켰다.

한동안 촬영 때문에 바빴던 탓에 방송은커녕 체스 사이트도 접속해 본 적이 없었다.

한수는 체스 사이트에 접속했다.

아이디와 비밀번호를 친 다음 접속했을 때 한수는 몇 가지 바뀐 점을 확인할 수 있었다.

우선 자신의 등급이 하얀색에서 황금색으로 바뀌어 있었다.

하얀색은 아마추어를 나타내는 색이고 황금색은 슈퍼 그랜드마스터를 뜻하는 색이었다.

그 의미인즉슨 이 체스 사이트에서 자신의 실력은 슈퍼 그랜드마스터로 책정이 되어버렸다는 의미였다.

그뿐만이 아니었다.

쪽지가 수백 통 넘게 쌓여 있었다.

한수가 2승 1패로 칼센을 꺾은 직후부터 어제까지, 쪽지함이 미어터지고 있었다.

한수는 개중 칼센에게서 온 쪽지를 확인했다.

[한동안 접속이 뜸하네요. 언제 한번 당신하고 또 붙어보고 싶었는데 말이에요. 그리고 당신이 한국인이라는 이야기가 있더군요. 사실인가요?]

한수는 당혹스러운 얼굴로 다른 쪽지를 확인했다.

관리자에게서 온 쪽지도 있었다.

[귀하는 슈퍼 그랜드마스터들을 상대로 우수한 성적을 거뒀기 때문에 그에 준하여 슈퍼 그랜드마스터 자격을 부여합니다.]

자신의 등급이 황금색이 된 것은 관리자가 임의로 바꾼 모양이었다.

또 다른 쪽지도 와있었다.

FIDE에서 온 쪽지였다.

FIDE는 Federation Internationale des echecs의 준말로 국제 체스 연맹을 의미하는 단어였다.

뜻밖의 단체에서 온 쪽지에 한수가 일단 내용을 확인했다.

[안녕하십니까? Kaiser님. 저희 FIDE는 이번에 서울에서 열리는 세계 체스 선수권 대회에 당신을 초대하고자 합니다. 만약 항공권을 필요로 한다면 저희가 비즈니스석으로 제공해 드릴 수 있습니다.]

한수는 고민에 잠겼다.

세계 체스 선수권 대회에 참가할 자격은 갖춘 셈이다.

그리고 FIDE에서도 자신을 초빙하고자 하고 있다.

일단 한수는 세계 체스 선수권 대회에 대해 좀 더 알아봤다. 그리고 그는 또 하나 뜻밖의 사실을 확인할 수 있었다.

구글에서도 이번 세계 체스 선수권 대회를 후원 중이었다.

그리고 또, 이번 세계 체스 선수권 대회 우승자는 구글에서 새로 만든 울티원과 대결을 펼칠 예정이었다.

그러나 인공지능을 상대로 이긴다는 건 사실상 불가능한

일이었다.

'하지만…… 채널 마스터라면?'

한수는 고민에 잠겼다.

세계 체스 선수권 대회, 그리고 울티 원.

호승심이 불타오르고 있었다.

CHAPTER 2

한수의 첫 영화 촬영은 슬슬 막바지에 접어들고 있었다.

촬영은 순조롭게 진행되고 있었다. 그리고 사람들의 기대감도 전에 없이 높았다.

후반 작업만 잘 마무리된다면 분명 평론가들한테 호평을 받을 수 있을 뿐만 아니라 대중들에게도 좋은 반응을 얻을 수 있을 것이라고 예상되고 있었다.

그리고 세계 체스 선수권 대회가 열리기 한 주 전 촬영이 모두 끝났다.

이제 남은 건 포스트 프로덕션, 후반 작업 정도였다.

이게 얼마나 걸리느냐에 따라 영화 개봉 일정도 결정 날 터였다.

그래도 SF/판타지 영화는 아닌 만큼 CG 작업할 게 상대적으로 적어서 후반 작업은 그렇게 오래 걸리지 않을 것이라는 게 지배적이었다.

촬영이 끝날 때까지 한수는 대학교 강의를 틈틈이 듣는 한편 세계 체스 선수권 대회에 참가할지 말지 고민을 했었다. 그리고 그는 마감 기한을 이틀 남겼을 때 참가를 결정했다.

채널 마스터의 능력이 인공지능을 상대로도 통할 수 있을지 알고 싶었기 때문이다.

지난번 구글의 이사 레이 커즈와일은 한수에게 울티 원과 한 번 대결을 해본 생각이 없냐고 물어본 적이 있었다.

그때만 해도 한수는 절대 이길 수 없다고 생각했다.

세계 챔피언인 칼센도 인공지능을 상대로는 속절없이 연패를 당했을 정도였다.

물론 한수도 칼센을 상대로 2승 1패를 거머쥐긴 했지만 여전히 부족함이 있는 건 사실이었다.

그러나 「체스」 관련 경험치가 100%를 향해가고 있는 지금은 충분히 고려해 봄 직한 일이었다.

한수는 윤환과 함께 이직한 김 실장의 밴을 타고 회사로 향했다.

회사 규모는 여전했다. 아직도 소속된 연예인은 한수와 윤환 두 명뿐이었다.

겨울이 다 되어가면서 황 피디는 한수한테 사정을 하고 있었다.

영화 촬영도 끝난 만큼 바쁜 일은 당분간 없을 게 분명하니한 번 더 「하루 세끼」를 촬영하자는 게 그의 의견이었다.

지난번에는 윤환이 구름나무 엔터테인먼트에 있어서 이루어지지 못했지만 지금이라면 충분히 이루어질 수 있는 일이었다.

실제로 유 피디와 함께 촬영한 「무엇이든 만들어 드려요」는그 이후로도 꾸준히 촬영했고 9부작으로 촬영을 끝낸 뒤였다.

게다가 세계 체스 선수권 대회가 끝날 무렵에는 겨울방학이라서 시간적인 여유가 상대적으로 많은 편이었다.

그렇다 보니 한수도 진지하게 「하루 세끼」 촬영을 고민 중에있었다.

회사에 도착한 한수는 박 대표를 만날 수 있었다.

박 대표가 한수를 보며 물었다.

"그러니까 세계 체스 선수권 대회에 출전한다고?"

"예. 이제 이틀 남았어요."

"······아니, 너 자신 있어?"

"저 슈퍼 그랜드마스터인데요?"

"뭐? 슈퍼 그랜····· 그 유치한 이름은 뭐야?"

"세계에 마흔일곱, 아니, 이제는 마흔여덟 명이 된 체스를 가장 잘 두는 사람들을 일컫는 거죠. 유치하다뇨."

"……어쨌든 알았어. 뭐, 언론에 홍보라도 때려줄까? 영화 촬영을 막 끝낸 배우 강한수가 세계 체스 선수권 대회에 출전한다, 이런 식으로?"

"아뇨. 괜찮아요. 이러다가 광탈할지도 모르는데요, 뭘."

"……그러지 말자. 이왕 나가는 거 준우승 정도는 해야지. 어? 그래야 기사가 떠도 할 말이 생기지. 쪽팔리게 예선에서 탈락했다고 할 거야? 사람들이 지금 널 어떻게 생각하는지 잘 알고 있잖아."

한수가 어색한 얼굴로 웃었다.

채널 마스터의 능력을 얻고 난 뒤 승승장구하면서 사람들은 이제 한수가 뭔가 마음을 먹었다 하면 뭐든 다 잘할 수 있다고 믿고 있었다.

그렇다 보니 몇몇 팬은 아예 팬카페에다가 앞으로 한수가 정복했으면 하는 것들이라는 게시판을 만들어서 온갖 요상한 것들을 요구하고 있었다.

정말 별의별 것들이 다 있었다.

개중에는 정말 특이한 기네스 기록도 있었는데 그것도 깨 달라고 하는 의견도 있었다.

물론 한수 입장에서는 얼토당토않은 일이었지만 실제로 그런 걸 요구하는 경우도 있다는 게 한수 입장에서는 골머리를 앓게 하는 일이었다.

"어쨌든 이야기했으니까 저 가볼게요."

"야! 가긴 어딜 가? 너 「하루 세끼」 어떻게 할 거야? 촬영할 거야? 말 거야? 황 피디님이 빨리 답변 좀 달라더라."

"왜요? 어차피 방송 내보내려면 멀었잖아요."

아직 「무엇이든 만들어 드려요」 시즌2도 방송을 못 타고 있다. 지금은 한창 「힐링 푸드」가 방송 중이었고 반응은 나쁘지 않은 편이었다.

「하루 세끼」나 「무엇이든 만들어 드려요」, 「싱 앤 트립」처럼 폭발적인 반응이 나온 건 아니었다.

애초에 「힐링 푸드」는 공익적인 목적을 갖고 만든 것이었다.

물론 시청률도 중요하긴 했다.

하지만 「힐링 푸드」는 사람들에게 따뜻한 이미지를 심어줬고 그 덕분에 TBC나 한수의 이미지를 긍정적으로 바꾸는데 여러모로 도움을 줬다.

애초에 그걸 의도하고 찍은 건 아니지만 그래도 좋은 게 좋은 거였다.

"황 피디님이 지금 애가 닳을 지경이야. 나가기 싫으면 나가기 싫다고 하든가. 굳이 질질 끌 필요 없잖아."

어차피 겨울방학 기간이다.

「하루 세끼」 시즌3를 촬영한다고 해도 문제 될 일은 없었다.

"알았어요. 출연하겠다고 전해줘요."

"정말이지? 후, 내가 윤환 그 녀석한테 너 무조건 출연시키
겠다고 약속하지만 않았어도……."

"네? 환이 형은 왜요?"

"내가 어떻게 알아. 그냥 너하고 같이 방송하고 싶었나 보지."

그러나 한수는 왜 윤환이 그렇게까지 박 대표를 시켰는지
짐작 가는 이유가 하나 있었다.

「하루 세끼」의 쉐프는 바로 자신이었기 때문이다.

이틀이 지났다.

세계 체스 선수권 대회는 서울 H호텔에서 열릴 예정이었다.

대회는 예선과 본선으로 나뉘어서 치러질 예정이었다.

ELO 레이팅이 2,500을 넘는 그랜드마스터에게만 참가 자격
이 주어졌음에도 불구하고 대회에 참가하려는 참가자는 수백
명이 넘었다.

그야말로 전 세계 각국에 포진한 모든 체스 고수들이 죄다
한국에 몰려든 것이었다.

물론 이번 세계 체스 선수권 대회에는 세계 랭킹 7위에 빛나
는 빌헬름과 세계 랭킹 6위인 세르게이, 그리고 세계 랭킹 1위

인 칼센도 참가를 결정지었다.

그들이 빠질 수는 없는 일이었다.

그러나 그들은 정신 사납게 이곳저곳을 기웃거리고 있었다.

물론 아직 경기 시작까지는 한 시간 정도 시간이 남아 있었다.

그런데도 불구하고 그들이 이렇게 경기장 입구에 모여 있는 이유는 다른 데 있지 않았다.

빌헬름이 칼센을 힐끗 쳐다보며 물었다.

"그 사람을 기다리고 있는 거 맞지?"

"물론. 너도?"

"그럼. 그렇지 않고서야 여기 있을 리가 없지."

"근데 진짜 출전한 거 맞아? 인공지능 아니었어?"

그들이 이야기하고 있는 대상은 「Kaiser」였다.

정체불명 그리고 신원 미상의 슈퍼 그랜드마스터.

그는 정말 특별한 게 오프라인 대회 경력이 없음에도 불구하고 슈퍼 그랜드마스터로 인정을 받았고 그 덕분에 이번 세계 체스 선수권 대회에 참가할 수 있게 되었다.

그것 때문에 몇몇 그랜드마스터 사이에서는 잡음이 있긴 했다.

고작 온라인 체스 대회에서 몇 차례 체스를 둔 것으로 그를 인정해도 되느냐는 게 그들의 주장이었다.

그러나 그가 세계 체스 선수권 대회에 참가할 의사를 보이지 않으면서 일단락되는 것 같았으나 대회 마감을 이틀 앞두고 그가 참가를 신청하면서 대회장 내에서는 잡음이 일고 있었다.

세르게이가 그 분위기를 염려한 듯 입을 열었다.

"만약 여기서 Kaiser가 형편없는 경기를 치른다면 대회 주최 측에 비난의 화살이 쏟아지겠지."

그때 칼센이 그 말을 단칼에 잘랐다.

"걱정 마. 그럴 일은 없을 거니까."

"정말?"

"너도 그 녀석을 상대했잖아. 그럼 그 녀석 실력이 어떤지는 잘 알고 있을 텐데?"

세르게이가 인상을 구겼다.

그는 Kaiser한테 외통수를 당해서 패배한 적이 있었다.

그 날 이후 몇 차례 더 재도전하려 했지만 그 무렵 상대는 더 이상 모습을 보이지 않았다.

그래서 Kaiser는 구글이 새로 야심 차게 개발한 울티 원이 아니냐는 게 체스 기사들 사이에서 정설로 떠오른 이야기였다.

하지만 칼센의 생각은 그와 달랐다.

"Kaiser는 울티 원이 아니야. 만약 Kaiser가 울티 원이었으면 나는 3전 전패했을 거야."

칼센이 Kaiser가 울티 원이 아니라고 생각하는 이유는 하나였다.

그것은 Kaiser의 실력이 엄청나고 또 그가 경기를 치를 때마다 매번 발전하고 있던 것도 맞지만 인공지능이 보여주는 그 완벽한 플레이에 비교할 수 있는 수준은 아니었기 때문이다.

빌헬름이 퉁명스러운 목소리로 칼센에게 물었다.

"그럼 울티 원하고 Kaiser가 맞붙는다면 울티 원이 무조건 이기겠네?"

"글쎄……."

"응?"

칼센이 고민 끝에 말했다.

"나하고 붙었을 때 그 실력이 끝이 아닌 거 같았거든."

"정말?"

"미친."

그들 모두 고개를 절레절레 내저었다.

칼센의 ELO 레이팅은 현시점을 기준으로 2,891점이다.

슈퍼컴퓨터들이 3,000점을 대부분 넘기고 있는 것과 비교해볼 때 그의 점수는 아주 높은 편은 아니지만 그래도 그는 벌써 6년째 세계 최강으로 군림 중에 있었다.

그렇다 보니 칼센이 하는 말은 무게감을 가질 수밖에 없었다.

이제 남은 건 한시라도 빨리 그가 대회장에 오길 바랄 뿐이었다.

대회까지 남은 시간은 십 분 남짓이었다.

대회장에는 이백 명에 가까운 사람들이 각자의 자리에 앉아 대회가 시작하길 기다리고 있었다.

세계 랭킹 12위 안에 드는 선수들을 제외한 나머지 선수들이었다.

1위부터 12위까지 상위 열두 명은 본선행 진출을 확정 지은 상태였다.

여기 모인 이백 명, 그들이 이제 남은 네 자리를 놓고 전쟁을 치러야 하는 것이었다.

한편 로비 앞에서는 해외 축구팬이라면 누구나 알아봄 직한 사내가 경호원들에게 둘러싸인 채 서 있었다.

그는 자신 앞에 서 있는 사내를 보며 물었다.

"아마르, 어떻게 네 명 안에 들 수 있겠나?"

"물론입니다. 최선을 다하겠습니다, 왕자님."

"하하, 대회가 끝나는 대로 한스를 만나러 가세나. 아마 우리가 온 줄 모르고 있을 테니 깜짝 이벤트가 될 수 있을 거야."

"예."

"그런데 자네 첫 상대는 누군가? 슈퍼 그랜드마스터인가?"

마흔일곱 명의 슈퍼 그랜드마스터.

개중에서 열두 명은 본선에 진출했지만 여전히 서른다섯 명이 남아 있었다.

아마르가 고개를 저었다.

"그건 아닌 거 같았습니다. 명단에 없는 이름이었거든요."

"흐음, 그러면 그랜드마스터인 모양이군."

"예. 그런 모양입니다. 근데 조금 이상하긴 했습니다."

"어떤 게 말인가?"

아마르가 입을 열었다.

"그게 대회 전적이 전무하더군요."

"대회 전적이 없다고? 그런데 그랜드마스터로 인정을 받을 수 있는 것이었나? 그렇지 않을 텐데?"

"예. 그래서 주최 측에 물어봤는데 연맹에서는 문제없다고 이야기하더군요. 그래서 저도 조금 의아해하고 있던 중입니다."

그때였다.

바깥에서 요란한 소리가 들렸다.

웅성거림 속에 사내가 바깥으로 걸어 나왔다.

경호원과 아마르가 그 뒤를 쫓았다.

로비 앞에는 본선행을 확정 지은 슈퍼 그랜드마스터들이 멀뚱멀뚱 모여 있었다.

"저들은 벌써 안 와도 되는데……. 뜻밖이군요."

"흐음, 별일 아닌 모양이군."

기자들 때문에 바깥이 소란스러워진 듯했다.

그들은 북적거리는 로비를 뒤로 한 채 대회장에 들어왔다.

아마르가 자신에게 배정된 좌석에 앉은 채 상대를 기다렸다.

그리고 대회가 시작하기 일 분 정도 남았을 때 상대가 다급히 달려오는 게 보였다.

그때였다. 대회장 한쪽에 서 있던 사내가 아마르의 상대를 보고는 눈을 휘둥그레 떴다.

"어? 아마르 씨?"

"……한스? 자네가 여긴 어쩐 일로……."

"세계 체스 선수권 대회에 참가하기 위해서 왔습니다. 잠깐만. 제 상대가 아마르였어요?"

"……자네는 분명 체스를 전혀 못 두질 않……."

"어? 왕자님?"

그때 한수는 얼빠진 얼굴로 자신을 보고 있는 아랍인도 발견할 수 있었다.

그는 만수르 왕자였다.

한수는 당혹스러운 얼굴로 두 사람을 번갈아 바라봤다.

아마르도, 만수르 왕자도 황당해하고 있었다.

만수르 왕자가 어이없는 얼굴로 한수를 보며 물었다.

"……한스, 자네가 여기 왜?"

"그게 그러니까 대회 참가 때문에 온 거긴 한데……."

그때였다.

로비에 있었던 본선 진출을 확정 지은 슈퍼 그랜드마스터들이 줄지어 들어오기 시작했다.

그들은 자리를 돌아보다가 한수가 앉아 있는 자리로 우르르 몰려들었다.

그러나 이미 1분은 지났고 경기가 시작됐다.

결국 그들은 대회장에서 강제로 쫓겨나고 말았다.

만수르는 자신 앞에 옹기종기 모인 슈퍼 그랜드마스터들을 바라봤다.

그들이 나누는 대화가 들렸다.

"저 사람이야?"

"저 사람이 Kaiser 맞아?"

"중국인 아니었어?"

"국적이 어딘지는 정확하게 알려져 있지 않았어. 그냥 중국에 슈퍼 그랜드마스터들이 많다 보니까 중국으로 와전된 것뿐이고."

"한국인이었구나. 당연히 예선은 뚫겠지?"

칼센이 고개를 끄덕였다.

"당연한 거 아니겠어? 예선도 못 뚫을 거였으면 애초에 여기 나오질 않았겠지."

가만히 그들 이야기를 듣던 만수르 왕자는 눈매를 좁혔다.

자신이 아는 한수는 체스의 'ㅊ'도 모르는 초짜였다.

그래서 그는 한수보고 체스나 승마 등을 배워두라고 조언을 했었다.

아시아는 바둑이 강세이지만 유럽은 여전히 체스가 귀족들의 스포츠 가운데 하나였기 때문이다.

그런데 그가 ELO 2,500이 넘는 그랜드마스터들만 출전이 가능한 세계 체스 선수권 대회에 출전할 줄은 전혀 생각지 못한 일이었다.

그래서일까?

갑작스러운 한수의 등장이 그 어느 때보다 더 낭패스러운 게 만수르 왕자였다.

그것도 잠시 만수르 왕자는 한수와 아마르의 대결을 지켜보기 시작했다.

아마르만큼 두는 건 아니지만 만수르 왕자 역시 체스를 좋아하는 플레이어 가운데 한 명이었다.

그러나 한수를 응원해야 할지 아니면 아마르를 응원해야 할지 그것 때문에 만수르 왕자는 머리가 아파 오고 있었다.

아마르는 한수와 체스를 두면서 이상한 점을 하나 느낄 수 있었다.

거의 초시계를 누를 틈도 없이 한수는 쉴 새 없이 빠른 속도로 체스를 두고 있었다.

일반적으로 이것은 체스의 모든 수를 훤히 내다보고 있어야 가능한 일이었다.

그러나 아마르는 여전히 인지 부조화를 겪고 있었다.

그가 알고 있는 한수는 체스를 전혀 둬본 적 없는 일반인이었다.

그런데 지금 눈앞에 앉아 있는 한수는 그 한수와는 동일인이 아닌 것처럼 엄청 빠른 속도로 체스를 두고 있었다.

믿기지 않는 일이었다.

그러는 사이 아마르는 어느샌가 반쯤 정신을 놓고 체스를 뒀고 한수는 체크메이트를 선언했다.

최단 시간 만에 끝난 경기였다.

아마르는 얼떨떨한 얼굴로 한수를 바라봤다.

"……어떻게."

"만수르 왕자님이 체스를 배워두라 한 뒤 꾸준히 배워뒀거든요. 그 덕분이에요."

"하하, 내가 졌네."

아마르는 깔끔하게 자신의 패배를 인정하고 악수를 건넸다.

과거에 그의 실력이 어떠했든, 지금의 한수는 아마르 자신이 절대 이길 수 없는 강적이었다.

한편 한수의 경기를 지켜보던 본선 진출이 확정된 슈퍼 그랜드마스터들은 엄청 빠르게 진행된 경기 속도에 혀를 내둘렀다.

"상대 실력이 별로였지만 그걸 감안해도 수읽기가 장난 아니었어."

"저 정도면 몇 수 앞을 내다보고 두는 걸까?"

"진짜 칼센 말대로 울티 원을 상대로 승리를 거머쥐게 될까?"

하지만 칼센은 말없이 한수를 바라보고만 있었다.

근래 들어 자신에게 유일하게 1패를 안긴 체스 플레이어가 바로 그였다.

그랬기에 칼센은 더욱더 그가 반드시 본선에 올라오길 바라고 있었다.

예선은 사흘에 걸쳐 치러질 예정이었다.

경기는 7라운드 스위스 시스템 방식이었다.

예선 첫날이 끝난 뒤 원래 호텔에 머무를 예정이었던 만수르 왕자는 아마르와 함께 한수의 집으로 향했다.

원래는 깜짝 이벤트로 한수를 만나려 했지만 이미 그 계획은 죄다 틀어진 지 오래였다.

그렇게 만수르 왕자는 한수의 슈퍼카를 타고, 아마르는 경호원들과 함께 한수의 집으로 이동했다.

한남동에 자리 잡은 한수의 집에 도착한 뒤 경호원들은 근처 호텔로 자리를 옮겼다.

집에 남은 건 한수와 아마르 그리고 만수르 왕자 이렇게 셋뿐이었다.

한수가 저녁 준비를 하는 동안 만수르 왕자와 아마르는 그 맞은편에 앉았다.

부산하게 움직이는 한수를 보며 만수르 왕자가 고개를 절레절레 저으며 말했다.

"체스는 언제 그렇게 배운 건가?"

"지난번 왕자님께서 조언해 주신 대로 열심히 배웠습니다. 의외로 적성에 맞는 건지 실력이 꽤 쑥쑥 오르더군요."

"그래서 세계 체스 선수권 대회에 참가하기로 한 건가?"

"한 가지 알아볼 게 있었습니다."

"알아볼 게 있었다고? 그건 또 무엇인가?"

한수가 웃으며 말했다.

"세계 체스 선수권 대회에 우승할 경우 울티 원과 3판 2선승 제로 경기를 치를 수 있게 해준다고 하더군요. 한 번 울티 원하고 붙어보고 싶습니다."

"……인공지능 말인가? 이미 체스는 사람이 인공지능을 이길 수 없다고 판가름 난 거 아니었나?"

체스만이 아니라 바둑도 이미 인공지능이 정복했다.

체스든 바둑이든 인간이 가장 최근 거둔 1승은 알파고를 상대로 거둔 1승이 전부다.

"그래도 인간의 한계는 없다는 걸 보여줘야 하지 않겠습니까?"

"……기대하겠네. 자네는 불가능을 가능으로 만들 수 있었지."

불가능하다고 이야기하려던 만수르 왕자는 이내 말을 바꿨다.

실제로 그가 맨체스터 시티에서 선수로 뛰며 트레블을 거머쥐었던 그 순간을 만수르 왕자는 평생 잊을 수 없게 되어버렸기 때문이다.

만수르 왕자 옆에 앉아 있던 아마르가 웃으며 말했다.

"제 생각에는 충분히 가능할 것 같습니다."

"아마르, 정말 그렇게 생각하나?"

"예, 만약 한스가 못 한다면 그 누구도 이룰 수 없는 일일 겁니다."

그 이후로도 만수르 왕자는 이런저런 이야기를 한수에게 꺼냈다.

그러다가 애쉴리 이야기도 나왔다.

"애쉴리하고는 잘 지내고 있나?"

"예, 종종 연락하고 있습니다."

"애쉴리는 자네를 무척 좋아하는 모양이더군. 그녀와 친한 몇몇 모델에게 물어보니까 자네 이야기를 할 때면 생기가 도는 모양이야."

"하하, 그런가요?"

한수가 어색하게 웃었다.

그는 지난 달 패션쇼 때문에 한국에 온 애쉴리를 만난 적이 있었다.

오래 만날 수는 없었다.

애쉴리는 아직 신인이었고 그런 만큼 그녀는 운신의 폭이 좁은 편이었다.

그랬기 때문에 얼굴을 보고 온 게 전부였다. 그래도 연락은 꾸준히 주고받고 있는 편이었다.

한수가 화제를 돌렸다.

"이번 대회를 참관하려고 오신 겁니까?"

"그럴 리가 있겠나? 아마르가 이번 대회에 참가한다고 해서 응원하고자 온 것이긴 하지만 애초에 이번 대회를 스폰한 게 누구인지 모르나 보군."

"……설마?"

한수는 눈을 휘둥그레 떴다.

만수르가 웃으며 말했다.

"하하, 내가 스폰한 것이라네."

"……."

"감동한 건가? 친구가 워낙 바쁘다 보니 내가 직접 보러 올 수밖에 없겠더군."

"감사합니다, 왕자님."

자신을 보러 오기 위해 그는 일부러 스폰을 해가면서까지 이곳에 대회를 연 것이었다.

한수가 솜씨를 부린 저녁을 먹으면서 그들은 오랜만에 회포를 풀 수 있었다.

예선이 끝난 뒤 본선이 치러졌다.

그동안 만수르는 한수의 경기가 없는 날에는 한국에 있는 여러 경제인을 만났고 경기가 있는 날에는 늘 호텔에 머물렀다.

한수는 예선전을 수월하게 치르며 본선에 진출했고 드디어 오늘부터는 본선 경기가 있는 날이었다.

본선은 16강전이었다.

열여섯 명의 체스 강자들이 단 한 자리를 차지하기 위해 경기를 치러야 했다.

칼센은 대진표를 보고 만족스러운 미소를 지었다.

결승전까지 올라가야지만 한수를 맞상대할 수 있었다.

예선 경기가 끝난 뒤 몇 차례 한수를 만나서 이야기를 나누고 싶었다. 그러나 만날 수가 없었다.

한수, 아니, 정확히 만수르 왕자를 둘러싸고 있는 경호원 때문이었다.

그래도 경기 당일에는 대화를 나눠볼 수 있게 될 터였다.

본선 경기에서도 압도적인 위용을 보이는 건 두 명이었다.

세계 랭킹 1위이자 ELO 레이팅이 2,891점인 칼센과 온라인 대회의 성적만으로 이번 세계 체스 선수권 대회에 참가했으며 파죽지세로 전승을 거둔 데다가 가장 빠른 경기속도를 보여주며 결승전까지 진출하게 된 Kaiser 강한수 이렇게 두 명이었다.

실제로 강한수가 이번 세계 체스 선수권 대회에 참가했을 뿐만 아니라 그가 결승전까지 진출했다는 게 알려진 뒤 사람들은 패닉에 젖어 있었다.

그렇다 보니 이미 촬영이 끝난 한수의 첫 번째 영화마저 기대감이 덩달아 오르고 있었다.

발연기일 줄 알았지만, 지난번 「1인 가족」에 출연하며 어느 정도 발연기 논란을 잠재웠고 거기에 이번에는 체스마저 잘하는 모습을 보여주며 한수가 못하는 건 아예 없다고 사람들이 인식 중이었기 때문이다.

그래서일까.

덩달아 체스에 대한 대중들의 관심도 부쩍 높아지게 되었다.

한편 이번 대회를 후원한 구글, 그리고 구글의 이사 레이 커즈와일도 소식을 접해 듣고는 다급히 대한민국을 방문했다.

그들은 지난번 알파고와 바둑의 대결을 통해 세계적인 이슈를 이끌어내는 데 성공했다. 그리고 인간은 알파고와의 대결에서 딱 1번 승리를 거뒀다.

그러나 체스는 단 1승을 거두는 것도 불가능한 일이었다.

구글에서도 체스 플레이어가 울티 원을 상대로 1승을 거둘 수 있는 확률은 0.001% 정도로 보고 있을 만큼 그 가능성은 매우 희박했다.

그렇지만 그녀가 직접 이곳을 찾은 건 소문의 그 플레이어 Kaiser를 보기 위함이었다.

그는 Kaiser 강한수가 다른 체스 플레이어들과 한 대결 역시 울티 원에 입력했다.

개중에는 한수가 칼센과 경기를 했던 그 경기 기록도 포함되어 있었다.

그리고 결승전이 시작됐다.

결승전은 누군가 한 명이 2승을 먼저 거둘 때까지 계속 이어질 예정이었다.

그러나 생각 외로 결승전은 싱겁게 끝이 나고 말았다.

세계 개인전 랭킹 1위이자 7년 동안 세계 체스를 지배해 온 칼센이 허망하게 2연패를 당하며 결승전이 끝나버린 것이었다.

칼센은 어처구니없는 얼굴로 한수를 바라봤다.

그가 생각한 결승전은 이런 게 아니었다.

서로 팽팽하게 접전을 치르길 바라고 있었다.

그러나 못 보던 사이 한수의 실력은 그때보다 훨씬 더 일취월장해져 있었다.

그랬다. 마치 인공지능 울티 원을 상대했던 그 악몽이 떠오를 정도였다.

결승이 끝났다.

1등에게 주어지는 상금은 무려 200만 달러였다. 그리고 이제 선택지가 남아 있었다.

구글이 만든 인공지능 울티 원과 대결을 할 경우 대전료로만 100만 달러를 추가로 더 받을 수 있었다.

그런 뒤 총 다섯 판을 하게 되는데 1승을 거둘 때마다 10만 달러를 벌어들이는 게 가능했다.

상금과 메달을 수여한 뒤 주최자가 한수를 보며 물었다.

"울티 원과 대결을 하시겠습니까?"

"……그전에 하나 묻고 싶은 게 있습니다."

"예, 말씀하시죠."

"만약 무승부가 나면 어떻게 됩니까?"

바둑은 빈집 때문에 무승부가 좀처럼 나지 않는다. 그런데도 무승부가 되는 건 두 가지 있다.

삼패와 장생이다. 반면에 체스는 무승부가 나올 확률이 상대적으로 높다.

실제로 슈퍼컴퓨터 X3D 프리츠와 경기를 벌인 세계 챔피언 가스파로프는 1승 2무 1패의 무승부를 거둔 적도 있었다.

생각지도 못한 경우였다.

고민에 빠진 주최 측을 보며 한수는 입가에 미소를 그렸다.

사실 이 모든 건 한수의 노림수였다.

구글 이사 레이 커즈와일을 비롯하여 대회 관계자들이 회의를 가졌다.

사실 그들은 체스 플레이어가 슈퍼컴퓨터를 이길 가능성에 대해서는 생각해 본 적 없었다.

정말 극도로 낮은 확률이었다.

하지만 무승부라면 조금 이야기가 다르다.

실제로 체스에서는 무승부가 많이 나오곤 한다.

그들은 레이 커즈와일에게 시선을 모았다.

이번 세계 체스 선수권 대회의 상금은 각종 후원사에서 마련해 준 것이었다.

하지만 세계 체스 선수권 대회 우승자와 울티 원과의 대결은 구글 측에서 먼저 제안한 것이었다.

즉 구글에서 상금 액수를 결정지을 필요가 있었다.

현재 확정된 상금 액수는 대전료 100만 달러에 1승당 추가 수당 10만 달러가 전부였다.

즉 우승하고 울티 원을 상대로 5판 전승을 거둬도 150만 달러를 버는 게 끝이었다.

그러나 한수가 1년 연봉으로 상하이 선화로부터 제의받은 금액은 무려 5,300만 달러였다.

그렇지만 돈 욕심이 있었으면 애초에 이런 대회에 나오지도 않았을 터.

레이 커즈와일은 구글의 이사답게 머리가 영민했다.

그녀는 한수가 왜 굳이 세계 체스 선수권 대회에 나온 건지 머리를 굴렸다.

'명예 때문에?'

아니다.

그는 이미 세계적으로 유명한 인사다. 실제로 타임즈에서 '올해 뽑은 세계에서 가장 영향력 있는 인물 TOP 100' 안에 들기도 했다.

그럼 무엇 때문일까?

계속해서 고민을 거듭해 봤지만 어째서 그가 이번 대회에 나왔는지 그녀로서는 알 수 없었다.

인공지능하고 한번 겨뤄보고 싶어서?

그렇다고 하기엔 지난번 쪽지를 보냈는데도 무시했던 기억이 선명하게 남아 있었다.

하지만 이 좋은 기회를 놓칠 수는 없는 일이었다.

전 세계적으로 이슈화를 시키기에 충분한 이벤트였다.

무슨 수를 쓰더라도 한수의 마음을 붙잡아야 했다.

레이 커즈와일이 자신을 바라보는 수많은 눈길을 바라보며 입을 열었다.

"제가 일단 한스 씨를 독대해서 그 의중을 알고 싶네요. 괜찮겠죠?"

"예, 그렇게 하시죠."

"좋은 소식을 기다리고 있겠습니다."

레이 커즈와일은 조용한 곳에서 한수를 독대했다.

그녀가 한수를 보며 말했다.

"설마하니 세계 체스 선수권 대회에서 칼센 선수를 꺾는 강자가 나올 줄은 예상도 못 했어요. 그런데 그 강자가 한스 씨일 줄은 더욱더 생각 못 했고요."

한수가 웃으며 대답했다.

"칭찬이시죠? 감사합니다."

"그래서 말인데 묻고 싶은 게 있어요."

"예, 말씀하시죠."

"왜 이번 대회에 참가하신 건가요?"

시작부터 정곡을 찌르는 질문이었다.

한수가 입을 열었다.

"한번 제 실력이 어디까지 통하는지 확인해 보고 싶었을 뿐이에요."

"……실제로 직접 경기를 본 건 아니지만 온라인 사이트에 엄청난 실력자가 등장했다는 이야기를 들은 적이 있어요. 그런데 그게 한스일 줄은 생각지도 못했네요."

"제 주변 사람들도 몰랐습니다. 당신만 모르고 있었던 건 아니에요."

"호호, 그렇네요. 어쨌든 한스 씨가 이번 세계 체스 선수권 대회에서 우승해 주신 덕분에 사람들의 관심이 매우 뜨거운 편이에요. 아마 한수 씨도 그것을 피부로 느끼고 있을 거예요. 맞죠?"

"그런 편이긴 하죠."

한수가 고개를 끄덕였다.

실제로 주변에서는 난리가 나 있었다.

이번에는 체스까지 정복하려 하는 것이냐며 혀를 내두르는 사람들이 즐비했다.

어떻게 그게 가능하냐면서 자문을 구하는 경우도 있었다.

다행히 아직 FBI나 CIA 같은 곳에서 외계인으로 의심된다며 잡으러 오지 않은 게 천만다행인 일이었다.

그렇다고 해도 한 번 손에 잡혔다 하면 이것저것 닥치는 대로 그 분야를 정복하고 있으니 슬슬 사람들이 한수에 대해 의혹을 보내는 경우도 있었다.

얼마 전 국내 한 카페를 둘러보다가 한수는 유전자조작으로 태어난 변종 인간이라고 말도 안 되는 루머를 퍼뜨리고 있는 사람을 볼 수도 있었다.

그뿐만이 아니었다.

정체를 알 수 없는 한 회사에서 한수가 죽은 뒤 그의 뇌를 기증받고 싶다는 메일을 보낸 적도 있었다.

그런 걸 생각해 보면 진짜 어딘가에서는 자신을 납치할 계획을 세우고 있을지도 모를 일이었다.

잠깐 딴생각을 하던 한수에게 레이 커즈와일이 부드러운 목소리로 말했다.

"울티 원하고 대결을 해주세요."

"대결할 생각은 있습니다. 그 대신 한 가지 부탁이 있습니다."

"부……탁이요? 그게 뭔가요?"

"미스 커즈와일, 당신이 울티 원 그리고 알파고의 총괄 책임자가 맞죠?"

"예, 맞아요. 그런데 그거하고 부탁하고 무슨 관계가 있는 거죠?"

한수가 레이 커즈와일을 보며 말했다.

그녀가 아니면 그 누구도 들어줄 수 없는 부탁이었다.

한수와 울티 원, 울티 원과 한수.

이들의 대결이 성사되었다.

대전료는 10만 달러.

한수가 승리할 경우 20만 달러, 무승부를 기록할 경우 10만 달러, 패배하면 0원, 이렇게 승리 수당도 결정이 났다.

2019 세계 체스 선수권 대회 우승자와 인공지능 울티 원과의 대결은 나흘 뒤 치러지기로 하였다.

대회 장소는 서울에 있는 H호텔이었고 모두 다섯 경기를 치를 예정이었다.

그렇게 경기 일정이 정해졌을 때 한수는 대회장에서 슈퍼 그랜드마스터들에게 둘러싸여 있었다.

칼센이 한수를 바라보며 물었다.

"이길 수 있겠어요?"

"울티 원요?"

"예. 이겨야 돼요. 아니, 이겨주길 바라요."

"한번 노력해 볼게요."

그 뒤로도 몇몇 체스 플레이어들이 한수를 보며 물었다.

어떤 식으로 수를 읽으며 어떻게 경기를 풀어나가느냐가 주된 질문이었다.

그렇게 대화가 거의 다 끝나갈 무렵 만수르가 한수에게 다가왔다.

원래 만수르는 내일 귀국할 예정이었다.

이야기를 들어보니 세계 체스 선수권 대회가 끝나고 한수를 찾아와서 깜짝 이벤트를 한 뒤 그다음 날 귀국할 예정이었다고 했다.

전용기를 타고 온 만큼 시간에 구애를 받는 건 아니지만 그역시 해야 할 일이 많았다.

일단 그는 아랍에미리트의 부총리였다. 명예직이긴 하지만 그렇다고 해서 할 일이 없는 건 아니었다.

한수가 만수르를 보며 물었다.

"내일 귀국하십니까?"

"아무래도 그래야 할 것 같네. 자네 경기도 바로 앞에서 직접 보고 싶지만 그건 어려울 듯하군. 인터넷으로라도 보도록 하겠네."

"별말씀을요."

"그럼 하룻밤만 더 신세 지도록 하겠네."

"예, 왕자님."

그리고 집으로 돌아가는 길에 만수르 왕자가 한수를 보며 물었다.

"미스 커즈와일이 자네한테 무슨 이야기를 하던가?"

"꼭 울티 원하고 붙었으면 좋겠다고요."

"그런가?"

"예, 구글에서는 이번 대진을 무조건 성사시키고 싶어 하더군요.

"그럴 수밖에. 다른 누구도 아니고 자네가 울티 원과 붙게 됐으니 그 상징성은 어마어마하다고 할 수 있을 거야. 어떻게 보면 트레블하고 은퇴한 축구 선수가 일 년 만에 세계 최고의 체스 플레이어가 된 것 아닌가.

만수르 본인도 지금 이 상황이 믿기지 않는데 다른 사람들이라고 지금 이 상황을 믿을 수 있을까?

그 누구도 지금 이 현실을 믿지 못하는 게 당연한 일이었다.

"어쨌든 울티 원을 상대로 최고의 모습을 보여주길 바라네."

"최선을 다해봐야겠죠."

"한스 자네는 울티 원을 상대로 승리할 수 있을 것이라고 생각하나?"

"글쎄요. 바둑과 달리 체스는 그 수가 적은 편이죠. 인공지능이 바둑보다 한결 빨리 체스를 정복할 수 있었던 것도 그런 이유에서고요. 그걸 감안해 보면…… 음, 모르겠습니다. 무승부는 가능할 것 같은데 승리를 거머쥘 수 있을지는 미지수네요."

"그건 당연한 일이지. 일단 둘 수 있는 공간의 차이가 너무 크니까 말이야."

만수르 말대로였다.

그렇게 한남동에 있는 집에 거의 다 도착했을 무렵 만수르가 한수를 보며 물었다.

"설마 자네 승마나 골프도 할 줄 아나?"

한수가 천연덕스러운 얼굴로 대답했다.

"물론입니다."

"……진짜인가?"

"그럼요. 일부러 제가 PGA 투어에 참가하지 않고 있는 겁니다. 또 주목받을까 봐 걱정이어서요."

"……미치겠군. 그게 사실이면 함께 모로코에 갔을 때 왜 거절한 건가?"

만수르는 어처구니없는 얼굴로 한수를 쳐다봤다.

실제로 그는 한수를 초대하고 모로코로 건너갔을 때 골프를 치러가자고 제안한 적이 있었다.

그러나 한수는 골프를 칠 줄 모른다고 그 제안을 거절했었다.

만수르 왕자가 묻고 있는 건 바로 그 점에 관해서였다.

한수가 멋쩍게 웃었다.

그때에만 해도 한수는 골프를 전혀 칠 줄 몰랐다. 사실은 지금도 골프에 대해 알지 못한다.

가끔 텔레비전으로 본 적은 있지만 쳐본 적은 없다.

그렇지만 한수가 이렇게 자신 있게 이야기할 수 있는 건 채널 마스터 덕분이었다.

아마도 채널 마스터를 통해 채널을 확보한다면 골프나 승마, 그밖에 모든 것을 자신의 것으로 만들 수 있을 것이기 때문이다.

즉 채널 마스터의 능력만 있다면 한수는 그야말로 뭐든 자신이 원하는 것은 마음껏 할 수 있는 것이나 진배없었다.

다음 날 만수르는 아마르와 함께 한국을 떠났다.

그러나 몇몇 슈퍼 그랜드마스터들은 한국에 계속 남아 있었다.

사흘 뒤 열릴 한수와 울티 원과의 경기를 보기 위함이었다.

한편 한수가 세계 랭킹 1위를 꺾고 세계 체스 선수권 대회에서 우승했다는 걸 박 대표가 알게 된 건 경기가 끝나고 하룻밤이 지난 뒤였다.

윤환과 함께 신나게 술잔을 기울이던 그는 정오가 될 무렵 깨어났다가 휴대폰이 마비될 정도로 쏟아진 각종 메시지와 부재중 전화에 기겁하며 깨야 했다.

뒤늦게 한수가 세계 체스 선수권 대회에서 우승한 걸 알게 된 박 대표는 어이가 없을 지경이었다.

그는 뒤늦게 깨어난 윤환을 보며 말했다.

"야, 그 자식 또 사고 쳤다."

"누구…… 한수? 왜? 뭔 일인데? 아, 애쓸리하고 결국 터진 거야?"

"뭐? 잠깐만. 너 지금 무슨 소리야?"

"……어? 그, 그거 아니었어?"

윤환이 당혹스러운 얼굴로 박 대표를 쳐다봤다.

이 사실을 아는 건 단 네 명이었다.

자신과 서현, 지연 그리고 승준.

그들 넷을 제외하면 아무도 모르는 비밀이었다.

윤환은 뒤늦게 자신의 실수를 깨달았지만 소용없는 일이었다.

어느새 잠이 번쩍 깬 박 대표가 눈알을 부라리며 윤환을 노려보고 있었기 때문이다.

한편 그 사실을 전혀 알지 못하는 한수는 울티 원과의 대결을 준비 중에 있었다.

보통 평범한 체스 플레이어들이라면 온라인 체스 사이트에서 다른 플레이어들과 체스를 두거나 혹은 기존에 슈퍼컴퓨터가 이전 체스 플레이어들과 했던 경기를 복기했을 것이다.

한수도 비슷했다.

그 역시 온라인 체스 사이트에 접속해서 꾸준히 경기를 거듭하고 있었다.

그러나 이건 울티 원과의 대결을 대비한 것이 아니었다.

어디까지나 채널 마스터 경험치를 100% 모두 쌓기 위함이었다.

실제로 칼센이나 빌헬름을 비롯한 슈퍼 그랜드마스터들도 한수를 선뜻 도와주겠다고 나선 덕분에 한수는 어렵지 않게 경험치를 올릴 수 있었다.

단순히 텔레비전을 보는 것뿐만 아니라 이렇게 다른 플레이어들과 경기를 치르는 것도 경험치를 쌓는 데 도움이 되어주고 있었기 때문이다.

그리고 「체스」 채널 경험치가 100% 모두 쌓였을 때 한수는 텔레비전을 봤다.

운 좋게 세계 체스 선수권 대회 경기 영상이 나오고 있었다.

칼센과 자신이 맞붙었던 바로 그 경기였다. 그리고 한수는 알림을 확인할 수 있었다.

[「체스」 채널을 확보하였습니다.]
[보상이 주어집니다.]

체스 대회가 열리는 날 대회장에는 엄청나게 많은 기자와 사람이 모여 있었다.

그들만이 아니었다.

구글의 이사 레이 커즈와일을 비롯하여 인공지능에 한 발 걸치고 있는 기업들은 모두 이곳에 나와 있었다.

그들 모두 한수가 울티 원을 상대로 어떤 모습을 보여줄지 많은 기대를 품고 있었다.

한쪽에서는 알파고를 상대로 1승을 따낸 적 있는 이형주 9단이 방송국 리포터하고 인터뷰를 진행 중에 있었다.

"이형주 9단님! 알파고를 상대로 1승 4패를 했던 게 엊그제 같은데 벌써 3년이 지나셨네요. 그리고 3년이 지나서 현재까지 체스나 바둑에서 어떤 누구도 인공지능을 상대로 승리를 거두지 못했는데요."

"하하, 생각해 보니 그렇네요."

"그리고 보니…… 그 당시 이형주 9단이 했던 말이 아직도 인상 깊게 남아 있는데요. 기억하고 계신가요?"

이형주 9단이 그 말에 미소를 지어 보였다.

그때 이형주 9단이 최초로 알파고를 꺾었을 때 그는 경기 후 인터뷰에서 이렇게 이야기했다.

'인간이 이긴 것이 아니다. 내가 이긴 것이다.'

그 후 이형주 9단은 1승 4패로 알파고와의 대국을 마무리했고 더 이상 인간은 인공지능을 상대로 이기지 못했다.

알파고를 상대로 1승밖에 거두지 못한 이형주 9단을 실력이 부족하다고 비판했던 커제 9단은 단 한 번의 승리도 거두지 못한 채 눈물을 쏟아냈다.

그 이후 2년 만에 잡힌 인공지능과 인간의 대결이었다.

"되게 쑥스럽군요. 그래도 틀린 말은 아니긴 했죠?"

자신감 넘치는 그 말에 리포터가 보조개를 띄웠다.

이형주 9단은 원래 이렇게 자신감이 넘치는 사내였다.

그녀가 이형주 9단을 보며 물었다.

"이형주 9단께서는 오늘 경기를 어떻게 예상하고 계세요? 오늘부터 하루에 한 경기씩 총 5일 동안 대국이 예정되어 있는

데요."

"음, 체스는 바둑에 비해 그 수가 더 한정되어 있죠. 그래서 바둑보다 더 빨리 인공지능에 정복당하기도 했고요. 인간의 체스 실력은 도돌이표인 데 비해 인공지능은 지금도 끊임없이 발전하고 있습니다. 그걸 감안하고 생각해 보면…… 흐음, 아무래도 울티 원이 압승을 거둘 가능성이 크지 않을까요?"

이형주 9단의 목소리는 조심스러웠다.

강한수는 전 세계적으로 엄청나게 많은 팬을 거느리고 있는 슈퍼스타였다.

이형주 9단 입장에서는 그들을 안티로 돌리고 싶지 않은 일이었다.

평소 패기 넘치는 그인데도 불구하고 목소리가 가라앉은 건 그럴 만한 이유가 있어서였다.

그렇지만 이형주 9단의 생각은 확고부동했다.

울티 원의 우세를 예측할 수밖에 없었다.

"이상으로 이형주 9단의 의견을 들어봤습니다. 얼마 안 있으면 강한수 씨가 도착할 텐데요. 어떤 식으로 그가 인공지능 울티 원을 상대할지 기대가 무척 됩니다."

인터뷰가 끝나고 리포터가 이형주 9단과 재차 인사를 나눴을 때였다.

호텔 앞이 시끌벅적해졌다. 그녀도 다급히 밖으로 뛰쳐나갔다. 저 멀리 화려한 슈퍼카가 H호텔로 들어오는 게 보였다.

강한수가 분명했다.

국내 언론사뿐만 아니라 세계 유수의 언론사들도 한수를 향해 카메라를 돌렸다.

이 모습은 국내뿐만 아니라 전 세계로 생중계되고 있었다.

만수르 역시 아랍아부다비에서 그 모습을 텔레비전으로 지켜보는 중이었다.

"자네는 어떻게 생각하나?"

"예? 잘 못 들었습니다, 왕자님."

만수르 곁에 서 있던 중년의 비서가 고개를 숙였다.

만수르가 웃으며 물었다.

"오늘 한스와 울티 원의 대결이 있지 않던가. 누가 이길 거 같냐는 말이네."

"글쎄요. 음, 제 생각에는…… 그래도 울티 원이 유리하지 않을까요?"

"그렇게 생각하는 이유라도 있나?"

"아무래도 2016년 이후로 인간이 인공지능을 상대로 이긴 적이 전혀 없으니까요. 실제로 요즘에는 인공지능끼리 대결을 붙이는 대회를 여는 경우도 많다고 들었습니다."

"흐음, 그렇군. 하긴 그럴 수 있지."

"근데 말이야. 왠지 모르게 한스가 이길 것 같다는 생각이

들면…… 그건 내 촉이 잘못된 것일까?"

"아무래도 친구분이시니까……. 그렇게 생각하실 수도 있을 거 같습니다."

"그게 아니야. 진짜 한스가 이길 수 있을 거 같다는 생각이 드네. 비단 이번만이 아니야. 그는 정말 특별하거든. 그래서 더 곁에 두고 싶은 거긴 하지만."

만수르는 텔레비전에 나오는 한수를 보며 중얼거렸다.

빨리 경기가 시작되고 한수가 울티 원을 꺾는 모습을 보고 싶었다.

한수는 기자들의 플래시 세례 속에 경기장으로 입장하고 있었다.

몇몇 한수 팬들이 한수를 향해 소리를 높였다.

"한수 형! 힘내요!"

"한수 형, 꼭 이겨줘요!"

마치 시장 북새통을 보는 것처럼 H호텔 앞은 시끌벅적거렸다.

경찰들이 안전을 위해 경계선을 치고 있었는데도 불구하고 요란스럽기 짝이 없었다.

그런 상황에 한수의 표정은 변함이 없었다.

한수가 경기장에 들어섰다. 맞은편에는 구글에서 고용한 체스 플레이어가 앉았다.

"잘 부탁드립니다."

"저도 잘 부탁드립니다."

두 사람은 서로 인사를 주고받았다. 그리고 구글의 이사 레이 커즈와일이 간단히 룰을 설명했다.

총 닷새 동안 그들은 다섯 경기를 해야 했다. 그리고 3판을 먼저 이기는 사람 혹은 인공지능이 승자였다.

승자가 결정이 되어도 여전히 경기는 계속 치러질 예정이었다.

만약 한수가 5경기 모두 승리를 거둘 수 있다면 200만 달러를 벌 수 있는 것이었다.

세계 체스 선수권 대회에서 번 상금이 200만 달러이니까 그는 열흘 정도 되는 시간 동안 400만 달러를 벌어들이는 셈이었다.

한수가 굳이 돈 욕심을 내지 않는 것도 이런 이유에서였다.

돈이 필요로 하면 상금이 많이 걸린 각종 대회에 출전하면 되기 때문이다.

그렇게 레이 커즈와일의 말이 끝나고 첫 번째 경기가, 많은 사람이 지켜보는 가운데 시작됐다.

울티 원은 한 수, 한 수를 둘 때마다 그 정보가 구글 본사로 고스란히 넘어가게 된다. 그러면 구글 본사에 있는 슈퍼컴퓨터 울티 원이 그다음 수를 계속해서 계산하게 되고 최적의 수를 결정하게 된다.

인공지능이다 보니까 휴식이 필요 없고 또 수 싸움을 하는 데 걸리는 시간도 무척 짧다. 인간에 비해 월등한 점이기도 하다.

하지만 십여 수가 넘어갈 무렵 울티 원은 좀처럼 수읽기를 어려워하고 있었다.

울티 원을 관리 중인 구글 엔지니어가 고개를 갸웃거렸다.

평소에는 볼 수 없는 모습이었다.

이런 모습은 같은 인공지능을 상대로 한 대결에서나 종종 보이던 것이었다.

그러는 동안 초시계는 쉴 새 없이 지나가기 시작했다.

체스에는 무르는 기술이 없다.

결정을 내려야만 한다.

결국 울티 원이 다음 수를 뒀다.

경기를 중계 중이던 해설자들이 그 수에 낭패 어린 얼굴이 되었다.

울티 원이 둔 수는 최악의 수였다.

"······이해가 가질 않는군요. 방금 수는 정말 최악이었습니다. 혹시 버그인 걸까요?"

"저도 잘 모르겠습니다. 어쨌든 이번 수 때문에 강한수 씨가 더 앞서가게 될 거 같습니다."

계속해서 경기가 이어졌고 치열한 접전 끝에 경기가 끝맺음났다.

최종 승자는 강한수였다.

3년 만의 일이었다.

2016년 알파고를 상대로 이형주 9단이 극적인 승리를 거둔 이후 처음 있는 일이었다.

그 날 전 세계가 한 모습이 되었다.

「인간이 인공지능을 꺾었다.」

단 한 줄의 헤드라인이 전 세계 모든 뉴스를 잠식했다. 그러나 그 정도의 가치가 있는 일이었다.

구글의 이사 레이 커즈와일은 방금 올라온 뉴스를 읽어 내려갔다.

중간에 울티 원이 둔 최악의 수.

그것 때문에 모든 게 꼬였다고 세계 랭킹 1위 칼센이 인터뷰한 내용이 담겨 있었다.

그녀는 경기가 끝난 직후 본사에 연락을 했다. 그리고 울티 원을 담당하고 있는 엔지니어와 대화를 나눴다.

하지만 버그는 아니었다.

엔지니어 말에 따르면 울티 원은 당시 최고의 판단을 내린 것이었다.

하지만 인간이 보기에 그것은 불완전한 판단이었다.

구글이 인공지능 개발에 열을 올리는 건 여러 가지 이유가 있지만, 개중 하나는 자율화가 된 자동차 때문이기도 했다.

더 이상 사람이 운전할 필요가 없는 인공지능이 알아서 운전하는 자율주행 자동차.

구글은 이 분야를 선도하고 있었고 실제로 시간이 흐르면 흐를수록 인공지능은 가파르게 성장 중이었다.

하지만 그 흐름이 오늘 턱 막혀 버렸다.

인간은 환호했지만 인공지능과 그 인공지능과 연관이 있는 기업들은 울상이 되었다.

인간을 뛰어넘은 완벽한 모습을 보여야 하는 게 인공지능인데 오늘 그 불완전성을 스스로 보였기 때문이다.

반면에 한수는 초가 흐를수록 그 주가가 상승하고 있었다.

그전에도 유명했지만 지금은 한수의 이름을 모르는 사람이 없을 정도가 되었다.

반짝 인기일 수도 있지만 어찌 되었든 현재 한수의 유명세는 전 세계를 뒤엎을 정도였다.

-그래, 역시 나는 자네가 이길 줄 알았네. 왠지 모르게 그런 직감이 왔었다네.

"감사합니다, 왕자님."

-도대체 그 비결이 뭔가? 어떻게 하면 하는 것마다 다 잘할 수 있는 건가?

한수가 어색하게 웃었다.

그건 절대 밝힐 수 없는 비밀이었다.

그 뒤로도 만수르 왕자와 조금 더 이야기를 나눈 뒤 한수는 전화를 끊었다. 전화를 끊자마자 휴대폰이 쉴 새 없이 울려댔다.

한수는 휴대폰을 내버려 둔 채 서재로 들어왔다. 그리고 그는 구형 텔레비전을 바라봤다.

「체스」채널을 완전히 확보했을 때 한수는 새로운 능력을 확보할 수 있었다. 그리고 그것은 앞선 수를 내다볼 수 있는 특별한 눈이었다.

그 덕분에 한수는 울티 원에 밀리지 않고 수읽기를 할 수 있었고 울티 원 못지않게 시간을 빠르게 써가며 체스를 둘 수 있었다.

그러다가 어째서인지 모르겠지만 울티 원이 실수를 저질렀고 그 덕분에 한수는 승리를 거머쥘 수 있었다. 하지만 한수는 오늘 울티 원을 상대하고 깨달은 게 있었다.

실제로 울티 원과 제대로 승부를 겨뤘으면 무승부가 날 가능성이 매우 크다고 말이다.

그가 레이 커즈와일한테 무승부가 났을 때에도 보상을 해 달라고 요구했던 건 어느 정도 이런 상황을 짐작하고 있었기 때문이다.

그만큼 채널 마스터의 능력에 대한 믿음이 확고하다는 의미이기도 했다.

어쨌든 아직 대결은 4번 더 남아 있었다.

인공지능은 완전무결하지 않았다. 불완전성은 남아 있었다. 반면에 채널 마스터의 능력은 완벽했다.

한수가 그래도 51 대 49의 확률로 우세를 생각하고 있는 건 채널 마스터를 믿기 때문이었다.

다음 날 한수는 재차 H호텔로 향했다.

이번에는 김 실장이 운전하는 밴을 타고 이동했다.

그 덕분에 H호텔로 밴이 들어서는데도 불구하고 기자들은 긴가민가하고 있었다.

그러다가 뒤늦게 한수가 내리자 기자들이 득달같이 한수에게 달려들었다.

한수는 호텔 주변을 둘러봤다.

정말 많은 사람이 자신 하나만을 바라보고 있었다.

그뿐만이 아니었다.

현재 이 장면은 생방송으로 전 세계 곳곳에 생중계되고 있었다.

그것을 생각하면 전 세계 사람들이 자신을 보고 있다고 생각해도 무방한 일이었다.

그랬다.

지금 세계가 자신을 중심으로 돌아가고 있었다.

닷새 동안 열린 한수와 울티 원 간의 대결은 세기의 대결로 불렸다.

그도 그럴 것이 그 누구도 예상치 못한 일이 일어났기 때문이다.

강한수가 첫날 울티 원을 상대로 1승을 거머쥔 것.

그것 때문에 2경기, 3경기가 더욱더 기대되고 있었다.

그리고 사람들의 관심 속에 2경기, 3경기, 4경기, 5경기가 연달아 이어졌다.

경기 결과는 3승 1무 1패였다.

2경기에서 한수가 패배했지만 3경기는 한수가 이겼고 4경기에서 비겼다가 5경기에서 재차 한수가 승리를 거머쥐었다.

그 결과로 인공지능을 개발 중인 회사들은 충격에 휩싸였다.

1경기는 울티 원이 버그를 일으킨 것이라고 엔지니어들은 자체적으로 추정 중이었다.

그랬기 때문에 2경기부터 5경기까지는 울티 원이 무조건 이길 것으로 추정 중이었다.

1경기 이후에도 울티 원은 계속해서 성장 중이었고 지난 경기의 패배 역시 복기 중이었기 때문이다.

하지만 승패는 정해졌다.

3승 1무 1패.

인간이 인공지능을 상대로 이긴 것이었다.

하지만 이형주 9단은 인터뷰에서 밝혔다.

이번 역시 인간이 이긴 게 아니라 강한수가 이긴 것이라고.

실제로 그 이후 칼센을 비롯해 몇몇 슈퍼 그랜드마스터들이 재차 인공지능에 도전했지만 단 1승도 거두질 못했기 때문이다.

어쨌든 한수는 2016년 이후 인공지능을 완벽하게 꺾은 인간이 되었다.

그렇게 경기가 끝난 뒤 한수는 레이 커즈와일을 재차 만났다.

그녀에게 했던 부탁을 약속대로 확인하고자 함이었다.

한수가 세계 체스 선수권 대회에서 우승한 뒤 그를 찾는 사람들은 헤아릴 수 없을 만큼 많았다.

일단 인터뷰, 기본이었다.

정말 듣도 보도 못한 지라시를 양산해 내는 인터넷 신문사부터 시작해서 BBC나 TIMES 같은 이름만 들어도 알 법한 곳까지 곳곳에서 한수와 인터뷰를 하고 싶어 했다.

그들만이 아니었다. 세계적인 기업들도 한수를 만나고 싶어 했다.

광고 기획사들도 있었다.

지난번 유럽과 미국에서 한스 신드롬이 불어 닥쳐서 한수 앓이를 했다면 이번에는 전 세계가 한수 한 명으로 인해 흔들거리고 있었다.

한편 한수가 인공지능을 꺾은 일로 인해 심란해하는 곳도 있었다.

그곳은 국립 프레데리크 쇼팽 협회였다.

국립 프레데리크 쇼팽 협회는 내년 예정대로 쇼팽 국제 피아노 콩쿠르를 열 예정이었다.

한때 강한수라는 정체불명의 피아니스트로 인해 홍역을 치른 적이 있었지만 그 날 이후 더 이상 그와 관련된 이야기는 들려오지 않았기 때문에 그들은 별걱정을 하지 않고 있었다.

그러다가 그가 축구 선수가 됐다는 걸 알게 된 이후 국립 프레데리크 쇼팽 협회는 강한수에 대해 아예 귀를 싹 닫아둔 상태였다.

그가 진짜 쇼팽 국제 피아노 콩쿠르에 출전할 가능성은 매우 희박해졌기 때문이다.

하지만 이번에 세계 체스 선수권 대회에서 강한수가 우승을 차지하고 그 이후 울티 원을 상대로 3승 1무 1패를 거뒀을 때 그들은 혹시나 하는 생각을 할 수밖에 없었다.

그렇다고 해서 강한수의 출전을 막을 수는 없는 일이었다.

그의 실력이 형편없다면 모를까. 그렇지 않다면 그는 출전할 수 있는 것이었다.

그러나 만약 강한수가 쇼팽 국제 피아노 콩쿠르에 출전해서 첫 출전에 우승하게 된다면?

그것만큼 개망신도 없었다.

그렇다고 한들 뾰족한 방법이 있을 리가 없었다.

결국 그들로서는 한수가 내년 9월부터 있을 예선전에 절대 참가하지 않기를 바랄 수밖에 없었다.

국립 프레데리크 쇼팽 협회가 그렇게 골머리를 앓는 동안 한수는 캐리어에 짐을 싸고 있었다.

그가 짐을 싸고 있는 이유는 다른 게 아니었다.

미국 캘리포니아로 4박 5일 동안 출장이 예정되어 있었기 때문이다.

여행이 아니었다.

출장이었다.

한수는 미국 캘리포니아에 있는 구글 본사를 찾아갈 예정이었다.

레이 커즈와일, 그녀가 약속을 들어주겠다고 했기 때문이다.

한수는 캐리어에 이것저것 짐을 싸던 도중 서재에 있는 낡은 텔레비전을 바라봤다.

이 텔레비전도 들고 가고 싶었다.

그래서 구글 본사에 있는 엔지니어들에게 한 번 의뢰를 맡겨보고 싶었다.

이 텔레비전이 어떻게 생겨 먹은 것인지 알려달라고 말이다.

그렇지만 이 무거운 텔레비전을 들고 갈 수는 없는 노릇이었다.

그 대신 한수는 스마트폰만 챙겨 갈 예정이었다.

어차피 지금 한수가 쓰고 있는 스마트폰은 구형 텔레비전과 연동이 되어 있었다.

그렇게 캐리어에 짐을 한가득 챙긴 뒤 한수는 캘리포니아로 떠날 준비를 했다.

비행기 시간은 얼마 남아 있지 않았다.

구글 본사는 스탠포드 대학교에서 멀리 떨어지지 않은 곳에 위치해 있었다. 애플 본사도 스탠포드 대학교 인근에 있었기 때문에 캘리포니아 여행을 떠날 때면 보통 이렇게 세 곳을 묶어가곤 한다.

캘리포니아 샌프란시스코 국제공항에 도착한 뒤 한수는 자신을 찾는 피켓을 볼 수 있었다.

구글 직원이었다.

"미스터 강?"

"맞습니다."

"역시. 취재진들이 즐비하기에 미스터 강인 줄 알 수 있었습니다. 가시죠. 사람들이 당신을 기다리고 있습니다."

어떻게 알게 된 건지는 모르지만 공항 앞에는 취재진들이 즐비하게 몰린 채 자신을 기다리고 있었다.

그래서 한수는 한동안 그들과 인터뷰를 해야 했다.

그들은 어째서 한수가 미국까지 오게 된 건지 그 이유를 궁금해했다.

그렇게 적당히 시간을 끌며 인터뷰하는 사이 구글 직원을 만났고 한수는 급히 그 자리를 빠져나올 수가 있었다.

구글로 가는 동안 한수를 데리러 온 직원이 인사를 건넸다.

"재차 인사드리겠습니다. 저는 윌리엄 크루버라고 합니다."

"윌리엄 크루버?"

한수가 눈을 휘둥그레 떴다.

구글 직원이 직접 나왔다기에 누군가 했는데 알고 보니 상대는 윌리엄 크루버였다.

한수는 그가 누군지 알고 있었다.

그는 바로 알파고 그리고 울티 원의 개발자이자 엔지니어였다.

그가 직접 한수를 데리러 이곳까지 나온 것이었다.

그렇다 보니 윌리엄 크루버를 알아본 몇몇 기자는 한수가 캘리포니아까지 날아온 것에 무언가 중요한 이슈가 숨어 있는 것이라고 추측하고 있었다.

"한스, 아, 앞으로 한스라고 불러도 될까요?"

"그럼요. 편하게 불러도 됩니다."

"저는 윌이라고 불러주시면 됩니다. 친구들이 저를 부르는 이름이죠."

"윌, 당신이 직접 공항까지 나올 줄은 생각지도 못했네요."

"당연히 제가 나와야죠. 다른 누구도 아니고 울티를 꺾은 분인걸요? 그리고 실제로 만나서 이야기를 좀 나눠보고 싶었어요."

"음, 갑자기 그렇게 말하니까 부담스럽군요."

한수가 윌리엄을 보며 물었다.

"뭐가 궁금하신 거죠?"

윌리엄 크루버가 입을 열었다.

"……당신은 사람이 맞나요?"

한수가 당혹스러운 얼굴로 윌리엄 크루버를 쳐다봤다.

윌리엄 크루버도 그 표정을 느낀 듯 어버버거리며 말했다.

"아, 혹시 불쾌하셨다면 죄송합니다. 정말 궁금해서 여쭤보는 겁니다."

"……당연히 저는 인간이 맞습니다."

"후, 사실 제가 이걸 물어본 건…… 대회가 끝난 다음 울티원의 연산 기록을 살펴봤는데 믿어지질 않더라고요. 한수 씨의 수읽기는 슈퍼컴퓨터를 넘어서는 수준이었거든요. 인간이라면 절대 불가능한 일인데 그걸 해내서 여쭤보는 거예요. 진짜 인간은 해낼 수 없는 일이거든요."

"뭐, 간혹 특이한 인간도 있는 법이니까요."

한수는 어색한 얼굴로 둘러댈 수밖에 없었다.

그러나 여전히 윌리엄은 괴물 보듯 한수를 바라보고 있었다.

실제로 그는 한수가 울티 원을 상대로 3승 1무 1패를 거머쥐었을 때 모든 수를 계산했다.

그리고 확인한 결과 인간은 절대 해낼 수 없는 일이라고 결론을 내렸다.

그가 다른 사람을 제쳐놓고 부리나케 공항까지 달려온 것도 하루라도 빨리 한수를 만나고 싶었기 때문이다.

그에게 하고 싶은 질문이 너무나도 많았다.

그러나 지금 당장 윌리엄이 한수에게 할 만한 질문은 하나뿐이었다.

어떻게 해서 울티 원을 이길 수 있었는지.

그 질문뿐이었다.

그러나 한수는 특이한 인간이 있을 수 있다고 하는데 윌리엄 입장에서는 절대 납득할 수 없는 이야기였다.

한수가 오기 전 윌리엄 크루버는 IQ가 높은 사람들을 대상으로 그게 실제로 가능한지 확인했다.

멘사 회원도 있었고 서번트 신드롬을 앓고 있는 사람도 있었다.

그러나 그 누구도 이 일을 해내지 못했다.

반의반도 불가능했다.

그랬기 때문에 윌리엄 크루버는 한수가 인간이 아니라고 생각했다. 그래서 실물로 한수를 보기 전까지 그는 여전히 의심을 거듭했다.

한국에서 비밀리에 만든 슈퍼컴퓨터가 아닌가 하는 생각을 하고 있었다.

하지만 실물로 한수를 보고 난 뒤 윌리엄 크루버는 인간이 어떻게 이걸 해낼 수 있었는지 그 점에 대해 의문을 품을 수밖에 없었다.

윌리엄이 운전을 하는 내내 고민에 잠겨 있는 동안 자동차가 구글 본사에 도착했다.

그제야 윌리엄이 정신을 차렸다.

"죄송합니다. 생각할 게 너무 많아서⋯⋯."

"아뇨, 괜찮습니다."

구글 본사에는 윌리엄이 도착했다는 소식을 들은 뒤 직원 대부분이 창가에서 혹은 로비에서 한수를 바라보고 있었다.

일단 한수는 연예인이었고 그렇다 보니 그를 궁금해하는 사람이 많았다.

그러나 지금은 울티 원을 이긴 것 때문에 그에 대해 호기심을 품고 있었다.

그래서 다들 직접 나와서 한수를 보고 있는 것이었다.

한수는 그 모습에 순간 자신이 동물원 원숭이가 되어버린 것 같았다.

그것도 잠시 한수는 윌리엄의 뒤를 쫓았다.

오늘 그가 구글 본사에 온 목적은 하나였다.

울티 원.

그 슈퍼컴퓨터 본체를 직접 보기 위함이었다.

그리고 한수는 울티 원을 만나러 가기 직전 낯익은 얼굴을 재차 만날 수 있었다.

구글의 이사 레이 커즈와일이었다.

"오셨군요. 구글에 오신 걸 환영해요."

"감사합니다, 미스 커즈와일."

"약속을 지킬 시간이군요. 그런데 울티를 만나서 뭘 하려는 거죠?"

"그건 밝히지 않아도 되는 거 아니었나요?"

"……만약 울티에게 무슨 문제라도 생긴다면 그 즉시 우리가 취할 수 있는 모든 조치를 할 겁니다."

"예, 그건 걱정하지 않으셔도 됩니다."

"후, 알았어요. 미스터 크루버, 안내해 주세요."

"예."

그녀를 뒤로 한 채 한수는 윌리엄 크루버와 함께 울티 원의 본체가 있는 서버룸으로 향했다.

철통같은 보안을 줄줄이 통과한 뒤에야 한수는 서버룸 앞에 도착할 수 있었다.

윌리엄 크루버가 한수를 보며 말했다.

"이 안에 울티가 있습니다. 어째서 울티를 보려 하는 건지는 모르겠지만…… 각별히 주의해 주십시오. 많이 예민한 아이입니다."

한수는 고개를 끄덕였다. 그리고 그는 서버 룸 문을 열어젖혔다.

그런 뒤 울티 원을 만나기 위해 그 안으로 들어갔다. 안에는 슈퍼컴퓨터 울티 원이 자리하고 있었다.

수백 개가 넘는 서버가 즐비하게 도열되어 있었다. 그리고 그 안쪽 깊숙한 곳에 모니터와 함께 울티 원이 자리하고 있었다.

한수는 심호흡을 거듭했다. 그런 다음 그는 자신이 갖고 온 스마트폰을 울티 원에 연결했다.

한수가 레이 커즈와일한테 부탁한 건 울티 원을 만나게 해 달라는 것이었다.

그리고 이곳까지 와서 울티 원을 만나려 한 건 다른 이유에서가 아니었다.

스마트폰과 서로 연결되어 있는 자신의 구형 텔레비전.

채널 마스터.

그 본질을 알아보기 위함이었다.

CHAPTER
3

한수는 구글로 오기 전 만반의 준비를 해둔 상태였다.

세계적인 스타가 된 이후 명성 수치는 기하급수적으로 쌓였고 하위 카테고리에 묶여 있는 채널을 확보할 수 있는 채널 확보권은 언제든지 가질 수 있을 정도였다.

그 덕분에 한수는 하위 카테고리를 여럿 확보해 뒀고 개중에는 「컴퓨터」, 「IT」와 관련 있는 채널도 존재했다.

한수는 구글 본사에서도 가장 깊숙한 곳에 자리하고 있는 슈퍼컴퓨터 울티 원을 바라봤다.

모니터에 글자가 떠올랐다.

[반갑습니다. 저는 울티 원입니다. 미스 커즈와일로부터 미리 이야기를 전해 들었습니다. 당신이 저를 만나고 싶어 한다고 하더군요.]

시간이 갈수록 인공지능이 점점 더 발달하고 있었다.

그리고 현재 이르러서 인공지능은 인간에게 위협이 될 수 있다는 경고를 계속해서 전문가들이 이야기할 만큼 발달한 상태였다.

한수는 자신을 알아보고 이야기하는 울티 원을 보며 순간 온몸이 소름이 일었다.

한수가 키보드를 치러 할 때였다.

기계음이 이 공간 안을 메웠다.

[편하게 말로 하셔도 됩니다. 저는 당신이 하는 말을 들을 수 있습니다.]

한수는 숨을 골랐다. 그리고 울티 원을 향해 말했다.

"지금부터 내가 하는 모든 행동은 너와 나, 두 사…… 아니, 존재 간의 비밀로 해두고 싶은데 가능할까? 구글 임직원은 물론 그 누구에게도 이것을 공유하지 않았으면 해."

순간 울티 원을 사람이라고 지칭할 뻔했던 한수는 급히 말을 바꿨다.

울티 원이 대답했다.

[그것은 제 권한 밖의 일입니다.]

"그래? 흐음, 좋아. 그래도 할 수 없지."

[미스터 강, 왜 저를 만나고 싶어 했는지 이야기해 주시겠습니까?]

한수는 대답 대신 스마트폰을 올려놓았다.

울티 원이 스마트폰을 스캔한 뒤 말했다.

[XX전자에서 양산한 스마트폰이군요.]

"중요한 건 그게 아니야. 이 스마트폰을 한번 확인해 보겠어?"

울티 원이 스마트폰을 지속적으로 스캔하기 시작했다.

동시에 한수는 본가 서재에 있는 구형 텔레비전의 능력을 끌어왔다.

스마트폰에 구형 텔레비전의 능력이 깃들었고 그 순간 정적이 깃들었다.

동시에 울티 원이 아닌 다른 「존재」가 나타났다.

한수는 본능적으로 깨달았다.

이 「존재」가 그 낡은 텔레비전에 깃들어 있는 그 특별한 「존재」라는 것을.

한수는 그 「존재」에게 물었다.

"당신은 누구입니까?"

그 「존재」는 한동안 말이 없었다. 침묵이 계속해서 이어졌다. 그리고 얼마 뒤 그 「존재」가 말했다.

[인간은…… 늘 그렇군. 늘 해답을 찾아야 하는 존재였지.]

"예?"

[그대에게 주어진 것은 그대의 염원이 만들어낸 것이다. 나는 그 염원을 들어주고자 하는 「존재」일 뿐.]

"제 염원이요?"

한수가 의아한 얼굴로 물었다.

[그렇다. 그대의 염원 때문이었다.]

"⋯⋯당신은 누구죠?"

그동안 늘 궁금해했던 질문이다.

채널 마스터의 능력은 말로 설명할 수 없는 능력이다.

판타지 소설에 나오는 마법으로나 가능할까?

그랬기에 더욱더 알고 싶었다.

그러자 그 「존재」가 물었다.

[내가 누군지 알려주는 그대가 가진 모든 것을 포기해야 한다면 그렇게 하겠는가?]

한수는 그 말에 침을 삼켰다.

가진 모든 것을 포기해야 한다.

황금알을 낳는 거위의 배를 자르라는 말이다.

과거를 떠올렸다.

제대 이후 공무원 시험에 합격하기 위해 다시 형설관에 들어가고자 입실 시험을 치려 했던 그 순간이 생각났다.

모든 걸 포기해야 한다는 건 그런 의미다.

그날 이후 할아버지 집 창고를 정리하다가 낡은 텔레비전을 우연히 얻게 되고 역대급으로 어려웠던 수학능력시험에서 만점을 받은 뒤 연예계에 들어와서 승승장구했던 그 모든 시간.

그러나 그보다 더 중요한 건 따로 있었다.

그건 바로 사람이었다.

서윤을 시작으로 윤환, 박 대표, 「자급자족 in 정글」 식구들, 황 피디, 유 피디, 서현과 지연, 노엘 갤러거와 리암 갤러거, 에릭 클랩튼을 포함한 세계 3대 기타리스트, 만수르 왕자 그리고 그밖에 수많은 사람과 애슐리까지.

그들을 모두 잃게 된다고 생각하니 마음이 무거워졌다.

그렇다 보니 선뜻 결정을 내릴 수 없었다.

한수는 생각에 잠겼다. 한참 고민한 끝에 한수는 입을 열었다.

"죄송합니다. 그럴 수는 없을 거 같습니다."

[그렇다면 나 역시 대답을 할 수 없다.]

그와 함께 그 「존재」는 사라졌다.

그 대신 울티 원이 다시 나타났다.

[방금 전 무슨 일이 있었던 거죠?]

울티 원은 방금 전 일어난 일을 전혀 알고 있지 못했다.

그 어디에도 그 「존재」와 나눈 대화는 기록되지 않은 모양이었다.

한수는 울티 원의 질문을 무시한 채 스마트폰을 집어 들었다. 그리고 그는 주저 없이 발걸음을 돌렸다.

그래도 자신에게 이 특별한 능력을 선물한 「존재」가 있음을 확인했다.

현재로서는 그 정도면 족했다.

볼 일을 마친 한수가 구글 본사를 떠나 근처 호텔로 말없이 이동한 뒤 구글 본사는 즉각 움직이기 시작했다.

울티 원이 한수하고 약속을 걸었지만 그것은 요식적인 행위에 불과했다.

그들로서는 슈퍼컴퓨터를 상대로 승리를 거머쥔 강한수가 울티 원과 어떤 대화를 했으며 또 울티 원을 대상으로 무엇을 했는지 그것을 알고 싶었다.

그러나 그들은 아무것도 알 수 없었다.

한수가 울티 원을 만난 이후부터 그가 서버 룸을 나올 때까지 그 시간 사이의 모든 내역이 전부 다 삭제되었기 때문이다.

그들은 울티 원에게 그 시간 동안의 내역을 삭제한 것인지 물었지만 울티 원도 그때 무슨 일이 일어났는지는 자신도 알 수 없다고 대답했다.

결국 구글은 한수가 울티 원과 무슨 일을 했는지 또 어떤 대화를 나눴는지 아무것도 알 수 없었다.

한편 한수는 호텔에 머무르며 생각에 잠겨 있었다.

이왕 오는 김에 구글 본사도 둘러보고 겸사겸사 애플도 가보고 스탠포드 대학교도 둘러볼 생각이었는데 그 모든 게 생각 없어졌다.

그 대신 오늘 만난 그 「존재」에 대한 궁금증만 부쩍 커졌다.

어쩌면 돌아가신 할머니는 그 「존재」에 대한 정체를 알고 있을지도 몰랐다.

할아버지 말로는 할머니가 그 낡은 텔레비전은 절대 버리면 안 된다고, 누군가 주인이 나타날 것이라고 이야기했다고 했으니까.

그러면 할머니와 연관이 있는 이 「존재」는 누구일까?

외계인? 아니면 인공지능? 먼 미래에서 온 첨단 테크놀로지?

마치 미궁을 헤매는 것만 같았다. 그렇지만 차마 그 정체를 물어보기엔 아직 마음의 준비가 되어 있지 않았다.

이 모든 걸 물거품으로 만들 수는 없었다.

그렇게 한수가 호텔에 머무르고 있을 때였다.

문을 두드리는 소리가 있었다.

한수가 문을 열었다. 레이 커즈와일이 문 앞에 서 있었다.

"무슨 일이시죠?"

"잠깐 들어가서 이야기 좀 나눌 수 있을까요?"

한수는 흔쾌히 고개를 끄덕였다.

거실 의자에 앉은 뒤 레이 커즈와일이 한수를 보며 말했다.

"솔직히 말씀드릴게요. 당신이 서버 룸을 나온 뒤 우리는 울티 원의 로그를 조사했어요."

"그럴 거라고 생각했어요."

울티 원이 애초에 권한 밖의 일이라고 했을 때부터 예상했던 일이었다.

이제 중요한 건 그들이 울티 원의 로그를 통해 무엇을 알아냈느냐 하는 것이었다.

그때였다. 레이 커즈와일이 한수를 바라보며 물었다.

"……도대체 무슨 짓을 한 거죠?"

"예?"

한수가 당혹스러운 얼굴로 그녀를 바라봤다.

레이 커즈와일이 말했다.

"당신이 왜 그렇게 당황해하는 거죠? 당신이 서버 룸에 들어왔을 때부터 나갔을 때까지 그 모든 기록이 전부 다 삭제됐어요. 아무 기록도 남지 않았다고요."

"……그렇군요."

한수는 그녀 말에 단숨에 그 「존재」를 떠올렸다.

아마도 그 「존재」가 울티 원을 장악한 뒤 모든 기록을 삭제했을 게 분명했다.

무언가 알고 있는 것 같은 뉘앙스를 풍기는 한수를 보며 레이 커즈와일이 눈매를 좁혔다.

"울티 원은 우리 구글사의 자산이에요. 울티 원한테 손을 대는 것은……."

"저는 울티 원을 손댄 적이 없어요."

"그러면 어떻게 로그를 삭제……."

"글쎄요. 그건 그쪽이 확인해야 할 문제 아닌가요? 또 모르죠. 울티 원이 갑자기 오류를 일으켜서 로그가 삭제된 것일 수도 있으니까요."

"말도 안 돼! 울티 원은 완벽한 인공지능이라고요!"

"그런데 그 인공지능이 제게 세 번이나 졌죠. 한 번은 무승부였고요. 그런데 그 인공지능을 완벽하다고 평가할 수 있을까요?"

한수의 거침없는 말에 레이 커즈와일이 입술을 깨물었다. 그러나 그녀가 할 수 있는 건 아무것도 없었다.

이대로 한수가 배 째라는 듯 나와버리면 구글이라고 해도 한수를 조사할 수는 없었다.

게다가 한수가 어디서 흔히 볼 수 있는 동양인이라면 모를까 그는 세계적인 슈퍼스타였다.

실제로 한수가 이곳 캘리포니아에 왔다는 말에 할리우드도 잔뜩 난리가 나 있었다.

할리우드의 스타들은 한수가 떠나기 전 그를 만나보기 위해 이곳 샌프란시스코로 오려 하고 있었다.

단순히 그를 알아두는 것만으로도 충분히 의미 있는 일이었다.

그 정도로 한수는 지금 전 세계가 주목하고 있는 슈퍼스타였다.

레이 커즈와일은 한숨을 길게 내쉬었다.

"대답해 주실 수 없나요? 정말 중요한 문제예요. 우리는 인공지능을 연구 중이고 앞으로도 계속 연구할 거예요. 결국 이 세상은 앞으로 인공지능이 인간을 대신할 테니까요. 그런 만큼 당신이 어떤 대화를 나눴느냐는 우리에게 정말 중요한 문제예요."

"미안합니다. 그건 어려운 일이에요."

"……십억 달러를 드리면 어떨까요?"

십억 달러.

한화로 1조 원이 넘는 돈이다.

개인이 갖기엔 너무 큰 돈.

그런데도 불구하고 레이 커즈와일이 그 정도 돈을 제시한 건 그럴만한 가치가 있다고 판단되어서였다.

하지만 한수는 10억 달러라는 말에도 고개를 저었다.

구형 텔레비전과 그 「존재」.

그것은 결코 세상 밖으로 알려져서는 안 되는 비밀이었다.

십억 달러?

그 이상을 준다고 해도 한수는 절대 「존재」를 세상 밖으로
알릴 생각이 없었다.

레이 커즈와일이 떠났다.

그 이후로도 한수는 호텔에 줄곧 누워 있었다.

머릿속이 복잡했다.

여전히 「존재」에 대한 고민이 가득 했다.

'만약 그러겠다고 대답했으면…… 어떻게 됐을까?'

정말 모든 게 꿈처럼 흩어졌을까? 그 정도로 그 「존재」에게
막강한 힘이 있을까? 시간을 되돌릴 수 있을 정도로 강력한 힘
이?

한수는 고개를 절레절레 저었다. 애초에 그건 불가능한 일
이었다.

그것도 잠시 그 「존재」가 신이라면 불가능한 일은 아닐 것
같다는 생각이 들었다.

결과적으로 도돌이표였다.

그때 어떤 선택을 내리는 게 현명했는지 여전히 한수는 심
사숙고 중이었다.

고민 끝에 한수는 스마트폰을 쥐었다. 그리고 채널 마스터

의 능력을 끌어내기 시작했다.

그가 확보한 수많은 채널이 떠올랐다.

그때였다. 생소한 게 하나 눈에 들어왔다.

한수는 그것을 보며 눈을 휘둥그레 떴다.

「Youtube」 항목이 새로 만들어져 있었다.

의외였다.

「Youtube」 항목이 개설된 이유를 알 수 없었다.

한수는 눈을 감았다.

기존에는 컴컴한 어둠뿐이었다.

그런데 오늘은 눈을 감아보니 눈부실 정도로 환한 빛이 뿜어져 나왔다.

동시에 한수는 이 낯선 공간에 서 있었다.

그 앞에 자신을 똑같이 닮은 「존재」가 나타났다.

"당신은······."

"실제로 만나 뵙는 건 처음이군요. 반갑습니다."

귀에 익은 목소리였다.

한수는 상대가 누군지 알 수 있었다. 그는 채널 마스터의 관리자였다.

한수에게 알림을 띄워 보내고 또 그에게 능력을 부여하던 그 관리자였다.

"이게 어떻게 된 거죠?"

"채널 마스터를 업그레이드하시는 데 성공하셨습니다."

"업그레이드요?"

"그렇습니다. 저희는 울티 원을 흡수하였고 그 능력을 저희 것으로 할 수 있었습니다. 그리하여 완벽하게 인터넷과 연결이 가능해졌고 「Youtube」 역시 확보가 가능해졌습니다."

"도대체 당신은 누구……."

"저는 채널 마스터입니다. 당신의 염원을 들어드리는 역할을 맡고 있습니다."

"제 염원이요?"

"잘 생각해 보십시오. 당신이 처음 어떻게 하다가 능력을 얻게 됐는지."

한수는 처음 능력을 얻었을 때를 생각했다.

군 제대 후 형설관을 들어가려다가 입실 시험이 생겼다는 말에 좌절했을 때였다.

어머니는 그날 한수에게 엄친딸 이야기를 늘어놓았다. 웬 명문대학원에 진학했고 미국 유학을 준비 중이라고.

그날 한수는 인생을 후회했다. 그리고 좋은 대학교에 진학했으면 어땠을까 하는 생각이 들었다.

그랬으면 지금과 다른 삶을 살 수 있었을까?

공무원 시험을 준비하는 게 아니라 다른 인생을 꿈꿀 수 있었을까?

그리고 그날 채널 마스터의 능력을 얻었다.

지금 이 「존재」가 이야기하는 건 바로 그것이었다.

한수는 「존재」를 바라보며 물었다.

"어떻게 그게 가능한 거지?"

"뇌 속에 직접 그 경험과 지식을 주입하는 겁니다. 생각보다 어렵지 않은 방법이죠."

"……그럼 이제 어떻게 되는 거지?"

"아무 일도 없습니다. 채널 마스터가 되십시오. 그러면 모든 건 끝납니다."

동시에 새하얀 빛이 사그라들었다.

그리고 한수는 다시 그가 있던 곳으로 돌아올 수 있었다.

호텔 룸으로 돌아온 뒤 한수는 재차 자신이 보유 중인 채널을 확인했다.

「Youtube」까지 확보했다.

그것은 기존의 텔레비전 채널이 갖고 있는 불완전성을 「Youtube」가 극복시켜 줄 수 있다는 의미였다.

「Youtube」에는 없는 영상이 없다.

의사들의 수술 장면도 고스란히 보존되어 있다.

영상화된 모든 것을 열람할 수 있는 데다가 또 그것을 자신의 것으로 확보하는 게 가능해졌다.

그러나 더 이상 이곳에서 볼일은 없었다.

원하던 소득을 거두진 못했지만 그래도 소기의 성과는 있었다.

구글이나 애플, 스탠포드 대학교를 둘러볼 게 아니라면 이쯤에서 귀국해도 그만인 일이었다.

그때 휴대폰이 울렸다.

액정에 뜬 이름을 확인한 한수가 고개를 갸웃거렸다.

그녀는 애쉴리였다.

한수가 전화를 받았다.

밝고 활기찬 목소리가 수화기 너머에서 터져 나오고 있었다.

-한스! 지금 캘리포니아라고 들었어. 맞아?

"응, 구글 근처에 있지."

-진짜구나. 미국에 온다면 온다고 말을 해주지. 왜 말도 없이 온 거야?

"아, 미안. 어차피 얼마 머무르지 않고 곧장 귀국할 생각이었어. 너는 어디야?"

-나? 나 지금 플로리다에 있어. 마이애미에서 촬영이 있거든. 같은 미국인데 보러 가고 싶다.

"마이애미?"

한수는 마이애미의 해변을 떠올렸다.

차라리 이곳에 있는 것보다는 마이애미 해변을 가서 애쉴리와 함께 레저 스포츠라도 즐기고 싶었다.

어려운 일은 아니었다.

비행기 티켓만 구하면 마이애미로 가는 건 금방이었다.

한수가 애쉴리에게 물었다.

"언제까지 마이애미에 머무를 건데?"

-어, 음…… 나흘 정도? 왜? 여기로 오려고?

"부담스러우면 안 가고."

-아니! 부담될 게 뭐 있어. 나야 온다면 얼마든지 환영이지. 진짜 올 거야?

"어차피 이쪽 볼일은 다 끝났어. 같이 수상스키라도 탈까?"

-수상스키도 탈 줄 알아?

"그럼. 서핑보드도 문제없어."

-응, 알았어. 도착하는 대로 연락 줘. 리츠칼튼에서 머무르는 중이야.

바로 귀국하는 것도 생각했다.

그러나 그보다는 애쉴리와 오붓한 밤을 보내고 싶었다.

「존재」에 대해 알게 된 뒤 한수는 순간 이 모든 게 꿈이 될지도 모른다는 생각 때문에 불안해해야 했다.

그래서 일부러 그 선택을 내리지 않았다.

그러나 그 당시 「존재」가 했던 말이 여전히 머릿속에 남아 있었고 그것 때문에 한수는 지금 심리적으로 압박감을 느끼고 있었다.

자신이 알고 있는 이 모든 사람이 한순간에 물거품이 되어 버릴지도 모른다는 생각 때문이었다.

그날 한수는 곧장 항공권을 찾아보기 시작했다.

그리고 그는 아메리칸 익스프레스에서 퍼스트 클래스 하나를 구했다.

오늘 저녁 마이애미로 떠나는 비행기 편이었다.

한수는 짐을 꾸렸다.

캐리어에 짐을 싸고 공항으로 떠나기 위해 체크아웃을 할 때였다.

레이 커즈와일이 다급히 호텔 로비로 달려오는 모습이 보였다.

그녀가 깜짝 놀란 얼굴로 한수를 바라봤다.

"지금 뭐 하시는 거죠?"

"마이애미로 가려고 합니다."

"마이애미요? 그건 안 될 일입니다. 아직 저희는 울티 원의 로그가 왜 삭제됐는지 확인 중에 있습니다. 그리고 당신은 사실관계를 알고 있을 경우 그것을 해명해야만 합니다."

"제가요? 이봐요, 미스 커즈와일. 저는 그 어떤 불법적인 일도 하지 않았습니다. 울티 원에게 무슨 문제가 생겼다면 그것은 구글 쪽에서 해결해야 할 일이지 저는 아무 연관이 없단 말입니다."

"……그, 그게 무슨……."

"그럼 저는 이만 가보겠습니다."

한수는 체크아웃을 끝낸 뒤 호텔 로비를 빠져나왔다.

레이 커즈와일은 그 모습을 보고 눈살을 찌푸렸다.

울티 원의 일로 한수를 잡아놓는 건 어디까지나 핑계에 불과했다.

애초에 구글 최고 임원 회의에서도 그건 불가능한 일로 결정이 난 상태였다.

서버룸 안에 있는 CCTV에서 그들이 본 건 한수가 스마트폰을 울티 원과 연결시킨 것이 전부였다.

그러나 그 스마트폰으로 어떤 데이터도 이동되지 않았고 반대로 스마트폰의 데이터가 울티 원에게 이동된 적도 없었다.

한수가 한 행동은 그게 전부였다.

그렇기 때문에 구글 측에서는 한수에게 어떤 책임도 지울 수 없다고 결정을 내린 상태였다.

그러나 레이 커즈와일은 여전히 한수를 의심하고 있었다.

그가 스마트폰으로 무슨 꼼수를 부렸다고 생각 중이었다.

하지만 한수가 마이애미로 떠나 버린다면 이 일은 영원히 미궁으로 남게 될 터였다.

　그렇지만 본사에서 막은 일을 자신이 어찌할 수는 없는 일
이었다.

　결국 레이 커즈와일은 공항으로 떠나는 한수를 막지 못했
다.

　그녀로서는 한수가 떠나는 모습을 바라볼 수밖에 없었다.

　퍼스트 클래스를 타고 한수는 캘리포니아를 떠나 마이애미
국제공항에 도착했다.

　한수가 떠난 뒤 얼마 지나지 않아 몇몇 할리우드 스타가 한
수가 머무르고 있는 호텔에 도착했지만 이미 늦은 일이었다.

　그렇게 마이애미 국제공항에 도착한 뒤 한수는 스포츠카
한 대를 빌렸다.

　그 후 그는 곧장 리츠칼튼 호텔로 향했다.

　그녀가 머무르고 있는 리츠칼튼 호텔은 사우스 비치 바로
앞에 위치해 있었다.

　바닷가가 바로 보이는 전망 좋은 뷰에 인근에는 링컨 로드
몰이라는 대형 쇼핑몰도 자리해 있는 곳이었다.

　이곳에 오는 동안 한수는 그녀와 연락을 취했고 아직도 촬

영 중이라는 이야기를 전해 들었다.

한창 해변에서 비키니를 입고 모델 촬영 중인 듯했다.

한수도 체크인만 한 뒤 곧장 그녀를 찾기 위해 해변으로 가볼 생각 중이었다.

그는 발렛 파킹을 맡긴 뒤 호텔 로비로 향했다.

선글라스를 낀 키 큰 동양인이 카운터로 걸어가자 사람들이 힐끔거리며 그를 곁눈질했다.

한수는 그들의 시선을 뒤로하고 카운터에서 가장 좋은 방을 골라 4박 요금을 결제했다.

배정받은 방에 도착한 한수는 눈부시게 빛나고 있는, 대서양이 훤히 내려다보이는 전망을 확인하고는 미소를 지었다.

그런 뒤 그는 캐리어만 호텔에 놔둔 채 바깥으로 나왔다.

한국과 달리 이곳은 자신을 알아보는 사람들이 별로 없었다.

자신을 힐끔거리며 쳐다보고 떠나기 일쑤였다.

한수는 해변으로 향했다.

해변에는 12월인데도 불구하고 사람들로 꽤 바글거리고 있었다. 마이애미는 이 무렵에도 항상 기온이 따뜻하기 때문이다.

그 덕분에 곳곳에서 비키니를 입은 채 일광욕 중인 미녀들과 바다에 들어가서 물장난을 치고 있는 사람들을 한수는 곳곳에서 볼 수 있었다.

그러던 한수에게 슬며시 다가오는 사람이 있었다.

"저기……."

마이애미에서 듣는 한국어에 한수가 고개를 돌렸다.

한국인 커플이 한수를 빤히 보며 물었다.

"혹시 강한수 씨 아니세요?"

알고 있으면서 묻는 질문이다.

그 질문에 아니라고 대답하기도 참 민망한 일이다.

한수가 고개를 끄덕이며 말했다.

"예, 맞습니다."

"와, 대박! 여긴 혼자 오신 거예요? 어떻게 여기에……."

커플들은 야단법석을 떨어댔다.

외국에서 유명인을 만났다는 것 때문일까?

그들은 잔뜩 신나 하고 있었다. 그 뒤로도 한참 더 말이 이어졌다.

어떻게 하다가 세계 일주를 하게 됐는지, 이곳에 머무르면서 무엇을 했는지, 그동안 자신들이 마이애미에서 무슨 일을 겪었는지, 그리고 이번에는 잡다한 이런저런 이야기들이 터져 나왔다.

막 물어보지도 않은 것들을 두 사람이 쉴 새 없이 떠들고 있을 때 한수가 두 사람을 보며 말했다.

"죄송한데요. 저 여기 쉬려고 왔어요."

"아……."

"죄송해요. 일부러 그런 건 아니고 어쩌다 보니 반가워서……."

"괜찮습니다. 그럼 먼저 가보겠습니다."

한수는 그들을 지나쳤다.

국내만 이런 일이 있는 줄 알았는데 외국에서도 비일비재했다.

그는 지끈거리는 머리를 왼손으로 꾹꾹 눌러주며 사람들이 바글바글 모여 있는 곳으로 향했다.

아마도 저곳에 그녀가 있을 가능성이 매우 높았다.

그리고 그는 카메라 감독의 지시를 쫓아 이런저런 포즈를 취하고 있는 애쉴리를 찾아낼 수 있었다.

그녀만 있는 게 아니었다.

지난번 만수르한테 초대를 받고 함께 탔던 크루즈에서 본 몇몇 모델도 애쉴리와 함께 있었다.

촬영은 슬슬 막바지에 다다르고 있는 듯했다.

그리고 촬영이 끝나갈 무렵 한수가 조금 더 가까이 다가갔다.

카메라 감독이 외치는 소리가 들렸다.

"끝! 다들 수고하셨습니다."

"끝났다!"

"이제 놀러 가자!"

"해방이야!"

시끌벅적한 소리 속에 그들에게 슬쩍 다가가는 몇몇 백인도 있었다.

아무래도 작업을 걸어볼 심산인 듯했다.

개중에는 애쉴리한테 작업을 거는 남자도 있었다.

190㎝가 넘는 큰 키에 온몸이 오밀조밀한 근육들로 가득 찬 남자였다.

주변에서 떠드는 이야기를 들어보니 아무래도 그는 격투기 선수인 모양이었다.

그런데 애쉴리가 완강히 거부하고 있는데도 불구하고 그는 끈질겼다.

하룻밤만 같이 놀자고 계속해서 달라붙고 있었다.

결국 한수가 나섰다.

"애쉴리."

애쉴리가 구세주를 발견한 것처럼 한수에게 달려와서 안겼다.

한수를 본 사람들이 고개를 갸웃거렸다.

어딘가 익숙한 얼굴이었다.

그때 백인 격투기선수가 인상을 구기며 한수를 노려봤다.

일촉즉발의 상황.

백인 사내가 한수에게 악다구니를 쓰며 소리쳤다.

"그 여자는 내 거다. 원숭이는 꺼져라."

"……원숭이?"

한수가 그 말에 눈썹을 꿈틀거렸다.

한수는 아니꼬운 표정으로 자신을 노려보고 있는 백인 사내를 향해 말했다.

"인종차별은 그만하고 너나 꺼져. 얘는 내 여자친구거든."

"뭐?"

반면에 애슐리는 뭉클한 눈으로 한수를 바라봤다.

그동안 한수와 좋은 관계를 유지하며 만나고 있긴 했다.

하지만 한 번도 한수는 자신을 연인이라고 이야기한 적이 없었다.

그냥 호감이 있는 사이지만 그게 연인 관계를 의미하는 건 아니었다.

그래서 내심 속상할 때도 많았다.

자신은 한수를 연인으로 생각했지만 한수는 그렇게 생각하지 않는 것 같았다.

그런데 오늘 한수가 자신을 여자친구라고 표현했다.

그 말 한마디로도 그동안 서운했던 마음이 모두 녹아내리는 것만 같았다.

하지만 백인 사내는 전혀 그렇지 않은 모양이었다.

그는 오히려 인상을 더욱더 험악하게 구기며 한수에게 다가 왔다.

아무래도 상대가 동양인이다 보니 만만하게 생각하는 모양 이었다.

그가 주먹을 움켜쥔 채 한수에게 걸어왔다.

"이 원숭이 새끼가 뭐라는 거야? 어? 이 자식이……."

애쉴리가 한수의 손목을 잡아끌었다.

아무래도 그녀로서는 한수가 걱정될 수밖에 없었다.

키 차이는 크지 않다고 해도 상대는 격투기선수였다.

반면에 한수는 민간인이었다.

"한스."

"괜찮아."

한수는 어깨를 으쓱거렸다.

영화 촬영을 위해 「액션」 장르를 확보했다.

그런데 한수가 워낙 「액션」 장르의 영화를 좋아하다 보니 「드라마」 장르보다 더 빠른 속도로 경험치가 쌓였다.

그동안 한수가 본 액션 영화만 해도 수백 편이 넘어갔다.

옹박, 본 시리즈, 007, 테이큰, 아저씨, 미션 임파서블 등.

웬만한 액션 영화는 전부 다 섭렵했고 그 덕분에 한수는 「드라마」보다 「액션」을 훨씬 더 빨리 마스터할 수 있었다.

아직 「액션」 영화에 출연한 적은 없었기 때문에 완전히 자신의 것으로 만드는 것까지는 못 했지만, 그것만으로 충분했다.

아마 UFC나 그밖에 여러 격투기 대회를 나가도 한수는 웬만큼 밀리지 않는다고 자신하고 있었다.

물론 그것 역시 격투기 채널을 확보하면 금방 해결될 문제이기도 했지만.

어쨌든 상대가 격투기선수라고 한들 한수는 그걸 전혀 개의치 않아 하고 있었다.

반면에 백인 사내는 미국에서 꽤 알려진 격투기 유망주 선수였다.

내년에 UFC에 출전할 것이 유력한 그는 눈앞에 서 있는 동양인을 노려봤다.

자신이 노리던 여자를 낚아챈 게 동양인인 것도 열 받는 일이었지만 그 여자가 일말의 망설임도 없이 저 남자한테 안긴 것도 기분 나쁜 일이었다.

그렇다고 섣부르게 주먹을 쓸 수도 없는 일이었다.

자칫 괜히 시비에 휘말렸다가는 내년 있는 UFC 대회에 출전하는 게 막힐 수도 있었다.

그래서일까? 눈치를 보고 있던 옆에 있던 친구들이 그를 막아섰다.

"안드레! 괜히 사고 쳤다가 내년에 UFC에 못 나가게 될 수도 있어."

"그만해. 뭣도 모르고 덤벼든 거야. 그냥 무시하라고."

어수선해지면서 점점 사람들이 몰리고 있었다.

게다가 그들 중 몇몇은 카메라를 든 채 지금 이 상황을 흥미롭게 촬영하고 있었다.

여기서 더 날뛰었다가는 자신에게만 불리해질 수 있었다.

실제로 아까 한 인종차별 발언도 UFC 측에서 걸고넘어진다면 제재를 받을 수 있는 일이었다.

결국 안드레가 물러났다.

그러나 그는 여전히 이를 악문 채 한수를 노려보고 있었다.

그가 떠난 뒤 애쉴리가 한숨을 내쉬며 한수를 쳐다봤다.

"왜 그랬어? 그러다가 위험해지면 어쩌려고 그래."

"그럼 순순히 지켜보고만 있어? 걱정 마. 저까짓 덩치 놈 무서울 거 없어."

애쉴리는 그 말에 쿡쿡 웃었다.

"진짜?"

"어, 진짜야."

한수는 순도 높음 100% 진실 된 말을 했지만 그녀는 한수 말을 허세로 받아들이는 듯했다.

그녀가 웃으며 말했다.

"알았어. 한스가 그렇다면 그런 거겠지. 어쨌든 나서줘서 고마워."

"당연한 거지. 아, 촬영은 다 끝났어?"

"응, 오늘로 끝이야. 이제 사흘 쉬고 그다음 날 파리로 돌아가야 돼."

"파리? 파리는 왜?"

"샤넬의 공방 패션쇼에 나가기로 했거든."

한수는 애쉴리를 바라봤다.

신인 모델이지만 그녀는 한창 주가를 높이고 있었다.

그 덕분에 점점 더 인지도가 올라가며 전 세계를 돌아다니는 경우가 잦아졌다.

그래서일까.

가끔은 한수보다 그녀가 훨씬 더 바쁠 정도였다.

결국 남은 3일이라도 그녀와 오붓하게 보낼 필요가 있었다.

"그럼 사흘 동안은 나하고 같이 있어도 돼?"

"일단 에이전시한테 허락을 받아야 돼. 한스가 온다는 말에 언급은 해뒀는데…… 어떨지 모르겠어."

"그럼 같이 가자."

"응? 한스도?"

"어, 같이 가서 말하는 게 나을 거 같아서."

"응, 알았어."

애쉴리가 환하게 웃으며 한수와 팔짱을 꼈다.

그리고 한수는 그녀를 쫓아 리츠칼튼 호텔로 향했다.

이야기를 들어보니 에이전시 대표는 지금 리츠칼튼 호텔에서 함께 투숙 중이라고 했다.

애쉴리도 같은 모델 언니와 같이 머무르고 있었던 모양이다.

애쉴리가 속한 모델 에이전시 대표는 사십 대 후반의 늘씬한 여성이었다.

여기 오면서 애쉴리한테 들은 이야기로는 그녀는 실제로 모델 생활을 하다가 은퇴한 꽤 유명한 모델이었다.

애쉴리가 한수와 함께 들어오자 그녀가 일어나서 한수를 반겨왔다.

"반가워요, 안젤라예요."

"처음 뵙겠습니다. 강한수입니다."

"이야기는 많이 들었어요. 애쉴리는 늘 저한테 당신 이야기를 하곤 했거든요."

한수는 안젤라를 바라봤다.

여전히 그녀는 늘씬하고 아름다웠다.

게다가 꾸준히 자기 관리를 한 듯 몸매가 탄탄했다. 그리고 사십 대를 넘어서 쉰 살이 다 되어가는 여자인데도 불구하고 온몸에서 기품이 넘쳐 흐르고 있었다.

"좋은 이야기만 했으면 싶네요."

"물론이에요. 늘 한스 씨를 칭찬하곤 했거든요."

한수가 어색하게 웃었다.

그것도 잠시 안젤라가 한수를 보며 물었다.

"이야기는 들었어요. 그러나 알겠지만 우리에게도 규율은 있어요. 그리고 휴가 기간이 아닐 때는 늘 함께 있어야만 해요. 예외는 원래 있을 수 없죠. 어떻게 생각하시죠?"

예외는 원래 있을 수 없다는 말에 한수가 주목했다.

"예외가 있을 수도 있다는 말 같은데 어떤 예외가 있는지 알려주실 수 있을까요?"

"간단해요. 가족이나 연인이 왔으면 예외가 늘 생기곤 하죠."

그녀의 의도는 간단명료했다.

애쉴리와 가족이 되든 연인이 되든 결정을 내리라는 의미였다.

한수가 웃으며 말했다.

"간단하네요. 애쉴리는 제 여자친구입니다."

"좋네요. 늘 애쉴리가 걱정스러워했거든요. 한스 씨가 마음을 좀처럼 여는 거 같지 않아서 그게 마음에 걸린다고 하더군요."

"……그랬나요?"

"혹시 다른 여자를 마음속에 두고 있는 건 아닌지 그걸 염려하더군요."

한수는 그 말에 순간 서현과 지연이 생각났다.

그러나 그것도 잠시 한수가 명쾌한 목소리로 대답했다.

"그렇지 않습니다."

"그런가요? 그럼 나흘 뒤 뵙겠어요. 애쉴리, 나흘 뒤 보자꾸나. 무슨 일이 있더라도 내 연락은 꼭 받아야 한다. 알겠지?"

"네, 고마워요."

한수는 에이전시 대표인 안젤라로부터 허락을 구한 뒤 그녀와 함께 호텔 최상층에 위치해 있는 스위트룸으로 올라갔다.

어차피 같은 호텔에서 머무를 테고 그런 만큼 왔다 갔다 하다 보면 또 만나게 될 터였다.

그리고 스위트룸에 들어선 순간 애쉴리는 눈을 휘둥그레 떴다.

호화스럽기 이를 데 없는 스위트룸을 보며 그녀는 입을 다물지 못했다.

1박에 수천만 원을 호가하는 스위트룸다웠다.

"와……."

저 멀리 수평선까지 대서양이 한눈에 들여다보이는 스위트룸을 돌아보며 애쉴리는 한가득 미소를 지었다.

한수가 애쉴리를 보며 물었다.

"밥 먹었어?"

"응? 아니, 아직. 촬영 끝나기 전까지는 다이어트 식단으로 떼워야 했거든. 뭐, 그렇다고 지금이라고 해서 마음껏 먹을 수 있는 것도 아니지만……."

"파리에서 있다는 그 공방 패션쇼 때문이구나."

"응."

"그래도 뭐 좀 먹으러 갔다 오자. 이 근처에 링컨 로드 몰이라고 있다던데 거기 갔다 오는 건 어때?"

"응, 알았어."

그때 애쉴리가 한수를 보며 물었다.

"근데 나하고 같이 다니다가 소문나면 어떻게 하려고 그래?"

"소문? 아, 한국?"

"응, 한국에도 파파라치들은 있을 거잖아. 우리 둘이 사귄다고 소문나면 좀 그렇지 않아?"

한수가 고개를 저었다.

"괜찮아. 소문나면 소문나는 거지. 신경 쓰지 않아도 돼."

애쉴리는 그 말에 입가에 미소를 지었다.

이제야 한수의 여자친구로 인정받은 것 같았다.

링컨 로드 몰에 위치해 있는 레스토랑에서 근사한 저녁 식사를 한 뒤 한수는 애쉴리와 함께 해변으로 향했다.

한창 해가 떨어지며 석양이 지고 있었다.

주황빛으로 물들어 가는 대서양을 보며 한수는 애쉴리의

손을 꽉 쥐었다.

애쉴리가 그런 한수를 보다가 슬며시 어깨에 머리를 기댔다.

그렇게 오붓한 분위기를 연출하던 두 사람은 이제 호텔로 향했다.

애쉴리는 촬영을 오늘 끝낸 탓에 한수는 비행기를 타고 장시간 이동한 탓에 피곤한 상태였다.

그리고 두 사람이 호텔로 이동하고 있을 때였다.

그때 저 멀리 낯익은 얼굴이 보였다.

그들도 한수를 알아보고는 인상을 구기며 걸어왔다.

그는 안드레였다. UFC 데뷔가 얼마 안 남은 그 격투기 유망주.

한수가 한숨을 내쉬었다.

가까이 걸어오고 있는 놈의 입에서 술냄새가 가득 풍기고 있었다.

몸 관리도 제대로 못 하는데 바로 내년에 데뷔를 앞두고 있는 천재 유망주로 손꼽히고 있다는 게 어이가 없을 정도였다.

안드레가 그 표정을 읽었다.

그가 인상을 구기며 한수에게 달려들었다.

당장에라도 한수를 때려눕히겠다는 기세였다.

애쉴리가 당황하며 한수 앞을 막아서려 했다.

그때 안드레가 술김에 주먹을 휘둘렀다.

자칫 잘못하면 애쉴리가 안드레가 휘두른 주먹을 맞을지도 모를 상황.

한수가 애쉴리를 보호하며 그 앞을 막았다.

놈이 휘두른 주먹이 한수의 얼굴을 살짝 스치고 지나갔다.

동시에 한수가 놈의 팔을 비틀어 꺾었다.

"으아아아악!"

놈이 비명을 내질렀다. 뒤늦게 안드레의 일행이 한수를 말렸다. 하지만 한수는 완전히 그의 뼈를 탈골시켜 버렸다.

안드레는 비명을 내지르며 실신했다.

"이 개새끼야! 너 뭐하는 짓이야!"

"얘가 누군지 알아? 내년 1월에 UFC 데뷔가 예정되어 있다고!"

"너 어떤 새끼야! 뭐 하는 놈이냐고!"

한수는 그놈들을 모두 무시했다. 그리고 애쉴리를 바라봤다.

애쉴리는 눈이 휘둥그레져 있었다.

방금 전 한수의 동작은 그녀가 봐도 군더더기 없을 정도로 깔끔했다.

영화에서 본 것 같은 그런 모습이었다.

그녀가 당혹스러운 얼굴로 한수를 보며 물었다.

"그, 그거 쿠, 쿵푸라는 거야?"

한수는 귀여운 그녀 질문에 웃으며 말했다.

"아니, 그건 아니고 영화 보면서 따라한 거야. 「본 아이덴티티」에서 멧 데이먼이 경찰을 제압할 때 써먹던 걸 따라 해본 거야. 이제 돌아가자."

"저 사람은……."

"신경 꺼. 정당방위니까 문제없어."

한수는 애쉴리를 껴안고 호텔로 향했다. 그리고 몇 시간 뒤기사가 떴다. 그런데 그 기사가 뜬 곳은 미국이 아니었다.

안드레와 관련된 일도 아니었다.

「데어패치(Therepatch)」에서 보도한 것이었다.

바로 한수의 스캔들이었다.

한수의 스캔들이 터진 건 한국 시각으로 오후 세 시였다. 마이애미 시간으로는 새벽 두 시, 한창 한수가 애쉴리와 함께 단잠에 빠져 있을 때였다.

그런데 단잠에 빠진 한수의 잠을 깨우는 전화 벨소리가 시끄럽게 계속 울리기 시작했다.

전화를 받지 않아도 쉴 새 없이 울리는 벨소리에 결국 한수는 몸을 일으키고 말았다.

이불이 흘러내리며 근육질로 단단한 한수의 나신이 드러났다.

침대에는 애쉴리가 여전히 단잠에 빠진 채 꿈나라에서 헤어

나오질 못하고 있었다. 아마도 그녀는 정오는 되어야 일어날 수 있을 터였다.

그만큼 두 사람은 잠들기 전까지 격렬하게 사랑을 나눴었다.

"하아아암."

한수는 기지개를 켰다.

여전히 주변은 깜깜하기만 했다.

시차도 생각 안 하고 전화를 건 매너 없는 상대는 누군가 싶은 생각에 휴대폰을 들자마자 액정부터 확인했다.

전화를 한 상대는 박 대표였다.

한수가 눈살을 찌푸리며 전화를 받았다.

"여보……."

-야! 강한수! 너 어떻게 된 거야? 마이애미는 왜 간 건데?

"간다고 말했잖아요. 문자 보내놨었는데요?"

-문자는 무슨! 오지도 않은 문자 타령이야.

한수가 인상을 구겼다.

분명히 비행기를 타기 전 캘리포니아에서 마이애미로 넘어간다고 박 대표에게 문자를 남겼었다.

그런데 무슨 이유에서인지 문자가 가질 않은 모양이었다.

"그건 됐고 무슨 일인데 이렇게 아침부터 전화예요?"

-너! 마이애미에는 왜 간 거야?

"만날 사람이 있어서요."

-누군데? 어떤 사이인데?

"제 여자친구요. 애쉴리에요."

-……허, 사실이구나. 사실이었어.

"응? 누가 말해줬어요?"

-그래. 환이가 이야기해 줬다. 그거 때문에 김서현 씨하고 권지연 씨하고 둘 다 제대로 멘탈 나갔다고 이야기도 덧붙였었고.

"근데 그게 왜요?"

-나만 알고 있는 건 아니거든. 당장 기사부터 확인해 봐. 그리고 다시 전화 줘. 어떻게 대응해야 할지 일단 네 의견이 제일 중요하니까. 그래야 지금 사무실 전화기 불나는데 그거 막을 수 있을 거 아니야. 안 그래?

전화가 끊겼다.

한수는 곧장 스마트폰으로 인터넷 홈페이지에 접속했다.

첫 화면에 대문짝만하게 뜬 기사가 보였다.

「데어패치(Therepatch)」에서 단독으로 낸 기사였다.

기사 제목부터 확인했다.

「마이애미에서 은밀한 밀회 중인 강한수를 찾아내다!」

기사 제목부터 자극적이었다.

한수는 기사 내용을 읽어 내려갔다.

마이애미에서 오붓하게 데이트 중인 강한수를 찾아냈다는 게 기사의 주된 내용이었다.

또한, 그들은 강한수가 연애 중인 상대가 미국 국적의 신인 모델 애쉴리 메릴이라는 것도 특종으로 보도한 상태였다.

「데어패치(Therepatch)」는 이래저래 악명 높은 타블로이드 언론사였다. 연예계 뒷조사를 일삼는 주제에 국민의 알 권리를 위해 그랬다고 주장하는 쓰레기 신문사나 다름없었다.

한수는 댓글 반응도 살폈다.

대부분 생각지도 못한 빅뉴스라며 놀라워했고 몇몇은 굳이 미국인과 사귀어야 하는지 불만을 표했다.

그러나 몇몇은 욕설 또는 눈살을 찌푸리게 할 정도로 저렴한 단어를 사용하고 있었다.

한수는 곧장 박 대표에게 전화를 걸었다.

-결정은 내렸어?

박 대표가 한수에게 물었다.

한수는 일말의 망설임도 없이 대답했다.

"맞다고 해요. 애쉴리의 남자친구가 제가 맞다고요. 두 사람은 문제없이 열애 중이라고요. 그리고 아까 몇몇 포털 사이트

보니까 악플 달린 거 있는데 그것들 전부 다 수집해 주세요."

-응? 악플들은 수집해서 뭐하게? 설마 너⋯⋯.

"어떻게 하긴요. 콩밥을 먹여야죠. 차라리 저한테 욕한 거면 모르겠는데 애쉴리한테나 혹은 애쉴리의 부모한테 서슴지 않고 욕한 경우도 많더라고요. 죄다 고소해 주세요. 그리고 선처는 없다고 해주시고요."

-하⋯⋯ 알았다. 귀국은 언제 할 거냐?

"사흘 뒤? 아마 그때쯤 귀국할 거 같아요."

-그래, 귀국해서 보자.

한수는 전화를 끊었다.

이제 맡겨뒀으니 뒷일은 박 대표가 법무팀을 꾸리든 아니면 로펌에 맡기든 자체적으로 해결할 문제다.

한수는 시간을 확인했다.

새벽 2시 30분.

30분 정도 난리를 쳤다. 아직 잠이 모자랐다.

그는 재차 침대로 향했다. 애쉴리가 잠에서 깨지 않게 살며시 옆에 누웠을 때였다.

자고 있는 줄 알았던 애쉴리가 한수에게 안겨 왔다.

보드라운 그녀의 살결이 느껴졌다.

"안 자고 있었어?"

"응. 나하고 관련 있는 기사였어?"

"별거 아니야. 신경 쓰지 마."

그때 애쉴리가 한국어로 말했다.

"별일 아니긴. 꽤 심각한 일 같던데?"

조금 서투르긴 했다.

그래도 한국어였다.

한수가 애쉴리를 바라봤다.

"언제 배운 거야?"

"배운 지 얼마 안 됐어. 그래도 한국어를 말할 줄 알아야 할 거 같아서…… 되게 못 하지?"

"그 정도면 훌륭한데? 얼마 안 된 거치고는 되게 잘하는 거야."

애쉴리는 부담스러운 듯 다시 영어로 말했다.

"고마워. 내가 한스의 여자친구라고 말해줘서."

"당연한 거지. 숨겨야 할 이유가 없는데 숨기는 게 오히려 더 이상하잖아. 그런데 나보다 네가 더 걱정인걸?"

"응? 내가 왜?"

애쉴리가 당황한 얼굴로 묻자 한수가 웃으며 말했다.

"너한테 기자들이 엄청 따라붙을 테니까. 나도 그런데 너는 오죽할까? 장난 아닐 거야."

"……망했네?"

"크큭. 어떻게 할까?"

"무인도 같은 곳으로 숨어야 하나?"

"톱모델이 되고 싶다고 하지 않았어?"

"응. 내 이름으로 내건 브랜드를 런칭하는 게 내 꿈이야."

"그러려면 벌써 은퇴를 생각하기엔 이르지 않아?"

"그건 그렇지만……."

"복잡한 생각은 됐고. 잠이나 마저 자자."

그리고 두 사람은 다시 단잠에 빠져들었다.

박 대표는 한수가 요구한 대로 보도 성명을 냈다.

예상했던 대로 반응은 엄청났다.

몇몇은 한수가 선뜻 사실을 밝혔다는 데 대해 놀라워했다.

여전히 악플은 달리고 있었지만 박 대표가 악플은 전부 다 고소하겠다고 강경 발언을 한 뒤 그 수는 꽤 많이 줄어든 상태였다.

그래도 틈틈이 달리는 악플은 전부 다 빠짐없이 수집 중에 있었다.

조만간 한꺼번에 모아서 신고할 예정이었다.

한수가 강경 대응을 하라고 한 만큼 그렇게 할 생각이었다.

소속사 대표로서 박 대표도 그건 절대로 쉽게 넘어갈 수 없는 문제였다.

그것도 잠시 쉴 새 없이 전화가 쏟아지는 휴대폰을 내려다보며 박 대표는 한숨을 길게 내쉬었다.

새삼 구름나무 엔터테인먼트 홍보팀장의 심정이 이해가 갔다.

어쩌면 구름나무 엔터테인먼트에서 유일하게 한수가 떠난 걸 반기는 건 바로 그녀일지도 몰랐다.

그때 문이 벌컥 열리고 잘생긴 사내가 대표실에 들어왔다.

윤환이었다.

"무슨 일이야?"

"공식 성명 낸 거, 그거 누구 생각이야?"

"누구겠냐? 그 녀석이지. 그 녀석이 오피셜 띄워 달랬어."

"미치겠네."

박 대표가 신경질적인 얼굴로 물었다.

"넌 왜 또 문제야?"

"왜긴. 걔네 둘 때문에 그렇지."

"두 사람도 한수가 이야기해서 알고 있었다며? 그런데 뭐가 문젠데?"

"알고 있는 거하고 그게 공식적으로 뜨는 거하고는 차이가 있지. 어쨌든 그 녀석은 언제 온대?"

"사흘 뒤? 마이애미에서 그 애쉴리라는 여자애하고 머무를 건가 봐."

윤환이 고개를 끄덕였다.

"……하, 알았어. 그 녀석이 돌아오는 대로 연락해 줘. 이 자식은 연락도 안 받고 뭐 하는지 전혀 모르겠더라고."

"아마 자고 있을 거야. 지금 마이애미는 새벽 네 시 정도일 테니까."

"아, 그랬던 거였어? 내가 실수했던 거네. 어쨌든 연락 오는 대로 알려줘."

"그래, 들어가라."

"아, 맞다. 「하루 세끼」는 어떻게 한데? 출연한다고 했어?"

박 대표가 대답했다.

"별문제가 없는 이상 출연할 거야. 황 피디하고 이미 이야기도 거의 다 끝낸 상태야. 정말 특별한 일이 아닌 이상에는……."

"휴, 오케이. 들어간다."

윤환이 떠난 뒤 박 대표는 계속해서 울리는 전화 중에서 반드시 받아야 할 전화부터 미리 받기 시작했다.

"아, 예. 그게……."

아침 일찍 잠에서 깬 한수는 기지개를 켜며 몸을 일으켰다.

일어나자마자 그는 발코니를 열고 바깥으로 나왔다.

저 멀리 끝없이 펼쳐져 있는 대서양이 가득 눈에 들어왔다.

그는 대서양을 바라보다가 실내 수영장에 그대로 뛰어들었다. 한수는 매끄럽게 팔을 저으며 수영장을 자유자재로 누볐다.

그렇게 수영장을 누비고 있을 때였다.

첨벙 하는 소리와 함께 애쉴리도 실내 수영장 안으로 뛰어들었다.

"깼어?"

한수가 애쉴리를 보며 물었다.

그녀가 수줍게 웃으며 고개를 끄덕였다.

"아침 먹으러 갈까?"

"응."

조금 더 수영을 즐긴 뒤 두 사람은 자연스럽게 샤워를 하고 나서 조식을 먹기 위해 호텔 레스토랑으로 향했다.

선글라스를 끼고 있는데도 불구하고 두 사람을 알아보는 사람들이 꽤 많았다.

그러나 한수는 그들의 시선을 의도적으로 무시한 채 적당히 먹을거리를 담아 테이블을 잡고 자리에 앉았다.

애쉴리도 얼마 지나지 않아 한수를 따라왔다.

그렇게 두 사람이 느긋하게 아침을 먹고 있을 무렵이었다.

호텔 직원 한 명이 한수에게 다가와서 말했다.

"미스터 강? 맞으십니까?"

"예. 제가 미스터 강입니다. 무슨 일이시죠?"

"잠시 로비로 내려와 주셔야겠습니다. 미스터 강을 찾아온 사람들이 있습니다."

"저를요?"

한수는 조식을 먹다 말고 자리에서 일어났다.

애쉴리도 그 뒤를 따라붙었다.

두 사람이 로비로 내려왔을 때 로비 앞에는 경관 두 명이 서성거리고 있었다.

호텔 직원이 경관을 가리켰다.

"저분들입니다."

"알겠습니다. 수고하셨습니다."

한수는 무슨 일인지 단번에 알 수 있었다.

안드레와 얽힌 일일 게 분명했다.

한수가 경관에게 다가가서 인사를 건넸다.

"좋은 아침입니다. 저를 찾아왔다고 들었습니다."

"예. 어젯밤 폭력 사건 때문에 신고를 받고 왔습니다. 안드레 실바 씨가 당신을 폭행 혐의로 신고했습니다. 목격자도 있고요."

"목격자는 누군가요?"

"안드레 실바 씨의 친구분들입니다. 갑자기 당신이 안드레 실바 씨의 팔을 꺾었다고 하더군요. 그래서 내년에 안드레 실바 씨 데뷔가 예정되어 있었는데 그게 물거품이 되었다고 합니다."

"아무래도 변호사를 고용해야겠군요."

"함께 가주실 수 있을까요?"

"그건 어려운 일이 아니죠. 뭐, 제겐 증거가 있으니까요."

"증거요?"

경관 한 명이 한수를 보며 물었다.

한수가 고개를 끄덕였다.

그리고 그는 어젯밤 일을 다시 떠올렸다.

한수는 자신을 향해 다가오는 안드레를 보며 제일 먼저 주변을 훑었다.

혹시 모를 상황을 대비해서 증거를 모아두는 건 당연한 일이었다.

애쉴리한테 동영상을 찍어달라고 할 순 없는 일.

한수는 슈퍼스타답게 언제든 파파라치들이 늘 뒤따라 붙고 있었다. 그리고 그는 곳곳에 숨어 있는 파파라치 중에서 한국인으로 보이는 기자도 확인할 수 있었다.

그래서 그는 먼저 애쉴리를 공격하려 한 그의 팔목을 잡아

비틀었다.

그런 뒤 특종으로 내보낸 이번 사건을 촬영한 한국인 기자에서 사진을 공유해 달라고 요구했다.

그는 「데어패치(Therepatch)」 소속 기자였다.

그 대신 한수는 그가 이번 스캔들을 보도해도 아무 문제 삼지 않겠다고 약속했다.

서로 간에 딜이 오간 셈이었다.

그리고 이제는 그 안드레를 엿 먹일 일만 남아 있었다.

안드레는 단단히 뿔이 난 상태로 경찰서에 앉아 있었다.

그를 상대하고 있는 미국 경관은 평소 UFC를 즐겨보던 팬이었다.

그는 안타까운 얼굴로 안드레를 보며 물었다.

"그럼 결국 1월에 예정된 대회는 출전할 수 없게 된 겁니까?"

"그럴 가능성이 높죠. 병원에 바로 갔다 왔는데 못해도 두 달은 넘게 걸릴 거라더군요."

"도대체 그 원숭이는 어떤 자식이기에. 가라데 선수인가 보군요."

"저도 누군지 모르겠습니다. 그래도 친구들이 말하길 녀석이 리츠칼튼 호텔에 들어가는 걸 봤다고 했으니 아마 그곳에서 투숙 중일 겁니다."

"예. 경관을 보내서 인상착의 및 몽타주를 들려 보냈으니 곧 연락이 올 겁니다. 감히 사람을 이 지경으로 만들어놓고 도망치다니⋯⋯. 누구든 간에 준엄한 법의 심판을 받게 될 것입니다. 안드레 씨는 전혀 걱정하지 않으셔도 됩니다."

"감사합니다, 경관님. 이 은혜는 절대 잊지 않겠습니다."

콧수염을 길게 기른 경관은 그 말에 푸근한 미소를 지었다.

"그보다 이 자식들은 왜 아직도 안 오⋯⋯."

그때였다.

경찰서 문이 열리고 리츠칼튼 호텔로 보냈던 두 경관이 돌아오는 모습이 보였다.

그들 곁에는 낯익은 얼굴의 동양인과 눈부실 정도로 아름다운 미모의 여성이 함께 걸어오고 있었다.

그런데 수갑을 채우긴커녕 공손하게 그들을 대하는 모습을 보며 백인 경관이 눈살을 찌푸렸다.

안드레가 백인 경관을 보며 말했다.

"경관님, 이게 어떻게 된 일입니까? 저놈은 가해자 아닙니까? 가해자가 왜⋯⋯."

"그게 그러니까. 일단 저 녀석들한테 한번 물어봐야겠군요. 잭! 어떻게 된 거야? 가해자 아니었나? 수갑은 어디로 간 거야?"

"짐! 그게 문제가 아닙니다. 허위 신고였어요."

"뭐? 허위 신고?"

잭이 고개를 갸웃거렸다.

그때 낯익은 동양인이 잭에게 걸어와서 입을 열었다.

"반갑습니다, 경관님."

"……당신은 누굽니까? 낯이 많이 익는데……."

"한스라고 합니다."

"한스? 잠깐만."

그는 신문을 집어 들었다.

가십란에 실린 연예 뉴스가 그의 눈에 들어왔다.

맨체스터 시티에서 축구 선수로 뛰었고 한스 신드롬을 불러 일으켰던 한수의 얼굴이 대문짝만하게 실려 있었다. 그리고 그가 미모의 모델과 열애 중이라고 소문이 나 있었다.

"설마…… 그 한스 씨입니까?"

"설마가 사람 잡는다죠? 그 설마가 맞습니다."

"자, 잠깐만요. 한스 씨가 여긴 왜, 아니, 그보다 이번 일은 어떻게 된 겁니까? 안드레 씨 말로는 한스 씨가 자신을 제압하고 강제로 팔을 부러뜨렸다고 하더군요."

한수가 힐끗 안드레를 바라봤다.

안드레는 경관이 한수를 알아봤다는 것에 적잖게 당황하고 있었다.

그것은 함께 온 안드레의 친구들도 마찬가지였다.

"그 말을 믿으신 겁니까? 제게는 증거가 있습니다."

"······한 번 볼 수 있을까요?"

한수는 USB를 경관에게 건넸다.

경관이 컴퓨터에 USB를 연결했다. 그리고 그 폴더 안에 든 사진과 동영상을 확인하기 시작했다.

잠시 뒤, 경관이 혀를 차며 안드레 실바를 노려봤다.

아까 전까지 살갑게 대하던 태도는 온데간데없이 사라진 뒤였다.

그가 안드레 실바를 노려보며 물었다.

"당신! 당신이 먼저 주먹을 휘둘렀군."

"아니, 그건 어디까지나······."

"먼저 시비를 건 것도 당신이고. UFC 선수가 일반인을 상대로 폭력을 휘둘러도 된다고 생각하는 건가?"

"······."

그랬다.

안드레 실바는 UFC 선수였다.

반면에 한수는 일반인.

그게 쟁점이었다.

게다가 한수는 어디까지나 정당방위를 한 것뿐이었다.

상대는 넷이었고 반면에 한수는 여자친구와 함께 있던 상황이었다.

한국이라면 심리적 위협은 인정받지 못하고 실질적 위협만 인정받지만 미국은 다르다.

특히 마이애미가 속해 있는 플로리다 주에서는 심리적 위협도 범죄 행위로 인정하고 있었다.

이는 2004년 허리케인 이반이 미국 남부를 강타한 뒤 플로리다 주에서 약탈이 크게 늘어나자 정당방위 범위를 확대시키면서 일어난 일이었다.

실제로 플로리다 주에 있는 정당방위법(Stand your ground law)는 신변에 대한 물리적 위협뿐만 아니라 심리적 위협을 느낄 경우에도 물러서거나 도망가지 않고 '영역을 지킬 수 있는 권리'를 보장하는 것이었다.

그리고 마이애미는 플로리다 주에 속해 있었다.

안드레 실바의 얼굴이 흙빛이 되었다.

자신의 계획과는 정반대로 되어가고 있었다.

뒤늦게 UFC 쪽에서 보낸 안드레 실바의 변호인이 도착했다.

그러나 그는 모든 게 명백하자 한수에게 협상을 제안했다.

어차피 한수는 사흘 뒤 돌아가야 하는 상황이었다.

그가 미국에 남아 계속 재판을 진행할 수도 없는 일이었다.

게다가 이 일이 외부로 알려지면 구설수에 오를 게 뻔했다.

그로서는 어떻게든 지금 이 상황을 흐지부지로 만들어야만 했다.

하지만 한수의 태도는 완강했다.

피해자가 될 뻔했는데 안드레 실바는 오히려 자신을 가해자로 고소하려 했다.

자신이 먼저 시비를 건 것도 모자라서 애쉴리까지 다치게 만들 뻔했는데도 불구하고.

그런데 자신이 그의 사정을 봐줘야 하는 이유는 전혀 없었다.

정 안 되면 미국에 법률 대리인을 한 명 구해놓고 그에게 권한을 위임하면 그만이었다.

한수에게 그 정도 돈은 충분히 있었다.

그리고 얼마 지나지 않아 한수와 안드레 실바, 두 사람 사이에 있었던 일이 인터넷에 도배되기 시작했다.

폴 그린그래스는 할리우드에서 꽤 이름 있는 감독이었다.

1955년생 출신의 그는 할리우드에서 십여 편이 넘는 영화를 연출했는데 개중에서 가장 흥행했던 영화는 본 얼티메이텀(The Bourne Ultimatum)이었다.

전 세계에서 4억 달러가 넘는 흥행 수익을 기록한 이 영화는 「본 트릴로지」의 3부에 해당하는 영화이기도 하다.

그뿐만 아니라 9년 만에 새롭게 개봉한 제이슨 본(Jason

Bourne)도 4억 달러가 넘는 흥행 수익을 기록하면서 그는 할리우드에서 액션 영화의 거장으로 손꼽히고 있었다.

그러나 제이슨 본 같은 경우 흥행 수익은 본 얼티메이텀 못지않게 훌륭했지만 대중들의 반응은 싸늘하기만 했다.

그런 탓에 「본 트릴로지」는 본 아이덴티티, 본 슈프리머시, 본 얼티메이텀 이렇게 3부작으로 끝났어야 했다는 말이 많았다.

그래서일까.

폴 그린그래스 감독은 신중하게 차기작을 구상 중에 있었다. 그리고 그는 이번 영화로 동양인을 주연 배우로 써보고 싶다는 생각을 하고 있었다.

여러 첩보/액션 영화가 만들어졌지만 동양인을 주인공으로 쓴 영화는 극히 드물었다.

그럴 수밖에 없는 이유가 있긴 했다.

우선 그런 역할을 맡을 매력적인 동양인 배우가 드물었다.

연기가 되면 영어가 안 되고 영어가 되면 키가 작고.

까다로운 조건을 모두 맞출 수 있는 동양인 배우를 구할 시간에 차라리 서양인 배우를 섭외하는 게 훨씬 더 간단한 일이었다.

그러던 그는 오랜만에 인터넷을 둘러보던 중 가십 뉴스를 읽을 수 있었다.

영국과 미국 등지에서 한스 신드롬을 일으키며 돌풍의 핵이 되었다가 돌연 축구 선수가 되어 맨체스터 시티로 입단해 버리면서 일약 화제가 되었던 강한수.

그가 내년 UFC에 데뷔하기로 했던 한 격투기선수와 마찰을 빚었으며 그 일로 인해 경찰서에서 조사를 받고 있다는 내용이었다.

그는 별 희한한 일이 일어났다고 생각하며 기사를 무시하고 넘어가려다가 마저 기사를 확인했다.

그도 강한수에 대해서는 잘 알고 있었다.

큰 키에 훤칠한 외모, 동양인인데도 불구하고 서양에서도 충분히 먹힐 수 있는 남자였다.

실제로 한스 신드롬은 미국과 영국을 단숨에 뒤덮었고 지금도 브릿팝은 여전히 미국에서 꽤 인기몰이 중이었다.

만약 그가 연기가 되고 액션씬도 잘 소화할 수 있다면 그를 영화배우로 섭외하면 어떨까 하는 생각을 한때 했을 정도였다.

그리고 기사 하단에 이르렀을 때 폴 그린그래스 감독은 뜻밖의 사실을 파악할 수 있었다.

"응?"

당연히 UFC 데뷔가 유력한 격투기선수가 한수를 때려눕혔을 것이라고 생각했다.

그러나 상황은 정반대였다.

격투기선수는 왼쪽 팔이 탈골돼서 내년 1월에 있을 데뷔전이 무산된 상태였고 오히려 강한수가 폭행 혐의로 경찰 조사를 받고 있다고 했다.

"격투기선수를 때려눕혔다고? 평범한 일반인이?"

폴 그린그래스 감독은 흥미가 돋았다.

그는 기사를 읽다가 댓글을 확인했다.

어떻게 하다가 격투기선수가 일반인한테 두들겨 맞고 다니냐부터 별의별 이야기들이 달려 있었다.

개중에는 강한수가 모델하고 열애중이라는 기사를 올린 사람도 있었다.

그러나 열애설 따위 폴 그린그래스 감독한테는 중요하지 않은 문제였다.

그보다는 어떻게 강한수가 격투기선수를 때려눕혔는지가 중요했다.

그리고 기사에 달린 댓글을 살펴보던 폴 그린그래스 감독은 원하던 정보를 찾아낼 수 있었다.

누군가 올린 유튜브 주소였다.

그는 곧장 유튜브에 접속했다. 그리고 유튜브에 뜬 영상을 보기 시작했다.

흥미로운 영상이었다.

먼저 시비를 건 것은 백인 사내였다.

댓글에는 그가 누군지 모든 정보가 다 떠올라 있었다.

내년에 UFC 데뷔가 예정되어 있던 슈퍼 유망주 안드레 실바라는 자였다.

잔뜩 술에 취한 듯 비틀거리며 걷던 그는 친구들과 함께 한수에게 걸어왔다. 그리고 몇 차례 시비를 걸더니 급작스럽게 주먹을 휘둘렀다.

웬만하면 절대 피하지 못할 만큼 빠른 손놀림이었다.

그 순간 한수 옆에 있던 미모의 모델이 그 앞을 막아서려 했고 그녀가 크게 다칠 뻔했다.

그때였다.

찰나의 순간에 한수가 애쉴리를 밀어내며 동시에 그의 손을 낚아챘다. 그리고 그대로 쓰러뜨린 뒤 팔을 부러뜨리는 장면이 제대로 나타나 있었다.

폴 그린그래스 감독은 그것을 보며 눈을 휘둥그레 떴다.

어디서 많이 본 장면이었다.

자신이 연출한 영화는 아니지만 「본 트릴로지」의 시초인 「본 아이덴티티」, 그 영화에서 제이슨 본이 자신을 제압하려 드는 경관을 대상으로 보인 바로 그 장면과 정확히 일치하고 있었다.

폴 그린그래스 감독이 침을 꿀꺽 삼켰다.

만약 이 영상이 아무 편집도 거치지 않는 원본이라면?

그는 자신이 원하는 완벽한 동양인 배우가 아닐 수 없었다.

연기력은 한번 알아봐야겠지만 말이다.

폴 그린그래스 감독은 그에 대한 정보를 추가적으로 살펴봤다.

그에게는 구글이 있었다.

그리고 그는 한수가 주연 배우인 영화가 한국에서 내년 봄 개봉한다는 소식을 접할 수 있었다.

그렇다는 건 연기도 어느 정도 가능하다는 의미였다.

폴 그린그래스 감독은 제작사에 곧장 연락을 취했다.

강한수.

그가 자신의 신작 영화에 오디션 볼 것을 권유하고 싶었다.

폴 그린그래스 감독이 자신을 점 찍었다는 걸 알지 못하는 한수는 경찰서를 빠져나왔다.

안드레 실바가 애걸복걸하며 한수에게 매달렸지만 한수는 매정하게 그를 떨쳐냈다.

그에게 합의금을 요구할 생각은 전혀 없었다.

어차피 자신은 사흘 뒤 미국을 떠날 터였다.

그보다는 그에게 정의가 살아 있다는 것을 알려주고 싶었다.

아마도 UFC에서도 그가 이렇게 논란에 휩싸인 걸 알게 된다면 그의 부상이 완전히 낫는다고 해도 그를 데뷔시킬 수 없을 터였다. 그리고 그것이 훌륭한 합의금이 되어줄 터였다.

경찰서를 떠나 한수는 다시 해변으로 돌아왔다.

어느새 낮이 되어 있었다.

두 사람 모두 허기진 상태였다.

일단 그들은 눈에 보이는 레스토랑 중 적당한 곳을 막무가내로 들어갔다.

허기부터 채울 생각이었다.

그리고 두 사람은 레스토랑에서 실컷 배를 채운 뒤 해변으로 향했다.

그곳에서 해변가를 따라 정처 없이 여유를 즐길 생각이었다.

그리고 이틀 뒤 한수는 슬슬 귀국할 준비를 하던 도중 뜻밖의 전화를 받게 되었다.

"미스터 폴, 지금 저한테 한 말이 사실이 맞습니까?"

-정확하게 맞습니다. 한스 씨, 오디션을 한번 봐보시겠습니까?

한수가 눈을 빛냈다.

한수에게 직접 전화를 한 건 바로 폴 그린그래스 감독이었다.

CHAPTER
4

처음에만 해도 한수는 믿을 수 없었다.

그 역시 「본 트릴로지」를 매우 재미있게 본 기억이 있었다.

채널 마스터로 「영화」 카테고리에 속한 채널을 얻었을 때 두 번째로 고른 「액션」 장르 중에서 「본 트릴로지」를 제일 먼저 확보한 것도 그런 이유에서였다.

그 후로도 한수는 틈틈이 실제 영화에서 나왔던 액션을 따라 하며 경험치를 꾸준히 올리고 있는 중이었다.

그런데 폴 그린그래스 감독이 자신에게 전화를 할 줄은 생각지도 못한 일이었다.

"어떤 영화인가요? 아니면 드라마인가요?"

-응? 제가 드라마를 제작한 적이 있는 것도 알고 있는 겁

니까?

"지금은 영화 감독님이시지만 그전에는 영국에서 사회물을 만드시지 않았던가요?"

……하하, 저를 잘 알고 계시는군요. 장르는 액션입니다. 평소 동양인 배우를 주연으로 세워보고 싶다는 생각이 있었습니다. 다만 제 마음에 드는 배우가 없는 탓에 시도를 못 하고 있었거든요. 제작사에서도 반대가 심했고……. 그런데 한스 씨는 제작사에서도 반대하지 않는 분위기더군요. 어떻습니까?

액션 영화다. 거기에 주연 배우다. 그렇지만 생각할 시간이 필요했다.

섣부르게 결정을 내릴 수는 없는 일이었다.

"생각할 시간이 필요합니다."

-이해합니다. 그럼 충분히 생각하는 대로 연락 부탁드리겠습니다.

폴 그린그래스 감독은 끝까지 정중한 목소리로 이야기한 뒤 전화를 끊었다.

한수는 전화를 끊은 뒤 고민에 잠겼다.

그때 뒤에서 애쉴리가 한수를 껴안았다.

"한스! 방금 전화 온 거 누구야? 영화? 드라마? 무슨 이야기를 한 거야?"

"폴 그린그래스 감독님이라고 알아?"

"······혹시 「본 얼티메이텀」 연출하신 감독님 아니야?"

"알고 있네. 그분 맞아. 나보고 신작 영화에 오디션 볼 생각 없냐고 물어보셨어."

"대박. 출연할 거지? 응?"

"생각 중이야."

"어? 왜?"

"만약 영화에 출연하게 되면 못해도 몇 달 이상은 걸릴 텐데······ 그렇게 되면 국내 활동은 전부 다 제약이 걸려 버리는 거라서. 그것도 있고 일단 소속사하고 이야기도 해봐야지."

애쉴리는 그 말에 고개를 끄덕였다.

생각해 보면 한수는 미국인이 아닌 한국인이었다.

그의 주 활동 무대는 미국이 아니라 한국이었다.

그런 만큼 고민에 고민을 거듭할 필요가 있긴 했다.

보통 영화 한 편을 촬영하는데 걸리는 시간은 3개월에서 4개월 정도다.

특히 「본 트릴로지」를 생각해 보면 영화 촬영 기간 동안 여러 국가에서 촬영을 해야 하는 만큼 옮겨 다닐 필요가 많았고 그렇다 보니 그 기간 동안 영화 촬영을 빼면 다른 건 일절 못한다고 봐야 했다.

그것을 감안한다면 오디션을 보는 것도 신중에 신중을 기할 필요가 있었다.

하지만 할리우드 첫 영화다.

한수에게는 두 번째 영화인 셈이다.

거기에 이름 없는 감독의 단역 역할로 출연하는 것도 아니고 액션 영화의 거장 중 한 명이라고 평가받는 폴 그린그래스 감독의 신작 영화 주연 배우로 출연할 수 있는 기회다.

이미 한수의 마음은 어느 정도 출연하는 쪽으로 기울어져 있었다.

한수는 곧장 한국으로 전화를 걸었다.

박 대표도 폴 그린그래스 감독이 오디션을 제의한 것을 알고 있는지가 중요했다.

서울과 마이애미의 시차는 13시간.

아마 지금쯤 한국은 저녁 11시 무렵일 터였다.

통화음이 가고 얼마 지나지 않아 박 대표가 전화를 받았다. 그런데 술에 취한 듯 목소리가 배배 꼬여 있었다.

-뭐야? 너, 한수 맞지? 뭔데?

"지금 술 드시고 계세요?"

-그래! 너 때문에 내가 얼마나 힘들었는 줄 알아? 스캔들을 낼 거였으면 미리 이야기를 해야지! 너 때문에 하루 종일 기자들한테 오는 전화 받는다고 휴대폰에 얼굴이 익는 줄 알았다고!

단단히 뿔이 난 목소리에 한수가 어색한 목소리로 말했다.

"누구하고 같이 있어요?"

-누구긴. 환이하고 있지. 왜? 바꿔줘?

그래도 윤환은 말술이다. 박 대표보다는 비교적 정신이 멀쩡할 게 분명했다.

시끌벅적거리는 소리 속에 윤환이 전화를 받았다.

윤환도 살짝 술에 취한 듯했다.

-한수야, 무슨 일이야?

"아, 박 대표님 지금 많이 취했어요?"

-이 형? 엄청 취했지. 너 때문에 괜히 나하고 석준이 형이 욕받이 하는 중이거든.

"예? 웬 욕받이요?"

그때 시끌벅적거리는 소리 속에 익숙한 목소리가 들렸다.

한수가 눈을 휘둥그레 떴다.

"뭐야? 서현이하고 지연이도 옆에 있어요?"

-와, 너 귀 엄청 밝다? 승준이도 있어.

지난번 윤환이 운영 중인 가게 「하루 세끼」에서도 한 차례 모임을 가진 적 있던 멤버들이다.

그런데 자신을 빼놓고 나머지 사람들끼리 모인 셈이다.

엄습하는 불안감에 한수가 조심스러운 목소리로 물었다.

"······도대체 왜 모인 거예요?"

-왜긴. 너 뒷담화하려고 모였지.

"제 뒷담화요?"

-그래. 미국에 가더니 갑자기 스캔들을 터뜨렸으니 애들이 난리가 날 수밖에 없잖아. 그래서 달래주느라 같이 술 마시고 있지.

-오빠! 누가 난리가 났다고 그래요! 전혀 관심 없거든요! 잘 먹고 잘살라 그래요!

-맞아! 서현아, 이제 우리 친하게 지내자. 홍!

서현과 지연이 떠드는 목소리가 들렸다.

한수가 눈살을 찌푸렸다. 머릿속이 복잡해졌다.

그래도 일단 해야 할 말은 해야 했다.

시차가 다른 까닭에 자신이 저녁을 먹을 무렵에야 그들은 일어날 것이기 때문이다.

그전에 미리 방금 전 들은 소식을 알려줄 필요가 있었다.

한수가 말했다.

"형, 잘 들어요."

-뭔데?

그래도 개중에서 가장 정신이 멀쩡한 윤환에게 한수는 방금 전 일어난 일을 이야기했다.

폴 그린그래스 감독이 자신에게 직접 전화를 해왔으며 자신이 새로 연출할 신작 영화에 주연 배우로 출연할 의향이 없냐고 물어봤다는 것까지 들은 내용을 그대로 말했다.

그렇게 이야기를 했는데 대답이 들려오질 않았다.

"형? 환이 형?"

몇 시간 전.

스캔들이 터진 뒤 대한민국은 때아닌 스캔들로 뒤집힌 상태였다.

다른 누구도 아닌 강한수, 그의 열애설이었다.

맨체스터 시티에서 축구 선수로 뛸 때만 해도 그는 고자 혹은 게이가 아니냐는 말까지 들을 만큼 열애설과 전혀 연관되질 않았었다.

그렇다 보니 그가 진짜 누구하고 사귈지 혹은 이미 사귀고 있는 것인지 궁금해하는 사람들이 많았다.

물론 외국에서 몇 차례 스캔들이 터진 적이 있긴 했지만 그것의 대부분은 루머로 밝혀진 지 오래였다.

그런데 대뜸 2019년이 거의 끝나가는 마당에 한수의 스캔들이 한국도 아니고 미국에서 터진 것이었다.

게다가 상대는 몇몇 유명 패션쇼 런웨이도 뛴 적이 있는 톱모델이었다.

신인인데도 불구하고 눈부시게 아름다운 미모에 글래머러스한 몸매로 차후 톱모델이 될 가능성이 매우 높다고 알려져 있었다.

그런 그녀가 예고도 없이 한수하고 사귄다는 이야기가 퍼졌으니 사람들 입장에서도 아닌 밤중에 홍두깨로 두들겨 맞는 소리였다.

물론 조짐은 있었다.

만수르 왕자의 초대에 여름 휴가를 아랍에미리트로 떠났던 한수. 그리고 그곳에서 비키니 모델들과 뜨거운 휴가를 보냈다고 기사가 뜬 적이 있었다.

기자들은 집요했고 실제로 한수가 그 여름 휴가 때 애쉴리를 만나게 된 것도 파헤쳤다.

결국 그 날 휴가로 한수가 애쉴리를 만나게 됐고 자연스럽게 가까워진 두 사람이 사귀게 됐다는 게 가장 유력한 추측이었다.

어쨌든 그 스캔들이 터진 뒤 속앓이를 한 건 서현과 지연이었다. 그래도 자신들에게 일말의 기회가 있을지도 모른다고 생각했는데 대놓고 열애설이 터져 버렸기 때문이다.

결국 그들은 마이애미에 있는 한수 대신 분풀이를 할 대상을 찾았고 그러다가 레이더망에 걸린 상대가 박 대표와 윤환 그리고 이승준이었다.

결국 이들 세 명은 두 명에게 휘어 잡힌 채 자정까지 술 상무 역할을 해줘야 했다.

그런데 한수한테 연락이 왔고 그녀 둘은 한수한테 전화가 왔다는 걸 알고 난 뒤 단단히 열 받아 하고 있었다. 아직도 한수가 애쉴리와 함께 있을 게 분명했기 때문이다.

하지만 한수와 통화 중이던 윤환의 얼굴이 시시각각 바뀌기 시작하자 그들 모두 고개를 갸웃거렸다.

전화를 끝낸 뒤 윤환이 멍한 얼굴로 주저앉는 걸 보며 서현이 물었다.

"오빠, 왜 그래요? 무슨 일이에요? 한수한테 뭔 일 있대요?"

윤환은 여전히 정신을 차리지 못한 듯했다.

머뭇거리던 그가 입을 열었다.

"그 녀석, 오디션 제의받았다는데?"

"예? 웬 오디션요? 마이애미에서요?"

"어. 폴 그린그래스 감독이 직접 연락처를 수소문한 다음 전화를 했다더라."

지연이 고개를 갸우뚱했다.

"폴 그린그래스 감독?"

서현이 눈매를 좁혔다.

곰곰이 생각에 잠겨 있던 그녀가 말끝을 흐렸다.

"……잠깐만요. 누구라고요?"

"폴 그린그래스 감독."

"설마…… 「본 트릴로지」를 연출한 그 감독님을 말씀하시는 거예요?"

서현이 눈을 휘둥그레 떴다.

윤환은 말없이 고개를 끄덕였다.

"……대박, 말도 안 돼. 진짜예요?"

"응, 진짜래. 그 녀석이 거짓말을 할 이유가 없잖아."

"배역은요? 배역은 뭐래요?"

서현이 자신 일인 것처럼 다급한 목소리로 물었다.

윤환은 초연한 얼굴로 대답했다.

"주인공 역할이라는데?"

"……맙소사."

한편 폴 그린그래스 감독은 몰라도 「본 트릴로지」를 영화 팬이라면 모를 수 없었다.

술에 곯아떨어진 박 대표를 뺀 지연과 승준 두 명도 입을 쩍 벌렸다.

만약 이게 사실이라면?

한국인 배우로는 최초로 할리우드 영화에 주인공 역할로 출연하게 되는 것일지도 몰랐다.

기존까지만 해도 한국인 배우가 출연한다고 한들 조연 역할이 대부분이었고 그게 아니면 악역인 경우가 대부분이었기 때문이다.

"어떻게 한데요? 오디션 보겠다고 해요?"

"일단 생각 중이래."

"예? 왜요?"

"「하루 세끼」 때문일 거야. 나하고 승준이하고 셋이서 「하루 세끼」 시즌3 찍기로 했었거든. 그런데 저 신작 영화 캐스팅돼서 촬영 들어가면 못 해도 석 달 이상은 걸릴 게 분명하단 말이야. 그러면 「하루 세끼」 시즌3 촬영도 무기한 미뤄질 테고 그게 마음에 걸려서 결정을 내리지 못하고 있는 거지."

"근데 폴 그린그래스 감독의 작품이면 무조건 출연하는 게 맞는 거 아니에요?"

"일단 오디션을 봐야겠지만 그게 맞는 일이긴 하지."

윤환은 심사숙고에 잠겼다.

그가 박 대표의 기획사로 옮긴 건 어디까지나 한수와 함께 예능 프로그램을 찍고 싶다는 생각에서였다.

특히 「하루 세끼」는 윤환이 가장 즐겨 하며 촬영한 프로그램이기도 했다.

거기에 황 피디와의 관계까지 생각해 본다면 그로서는 「하루 세끼」에 꼭 출연하고 싶었다.

팬들도 그것을 강렬하게 열망하고 있었다.

그러나 이번 기회는 한수에게 있어서는 천금 같은 기회였다.

할리우드에서 영화를, 그것도 이제 갓 한 편 찍은, 아직 개봉도 못 한 신인 배우가 폴 그린그래스 감독의 영화에 악역도 아닌 주인공 역할로 나올 수 있다는 건 그야말로 길을 걷다가 파워볼 1등 로또에 당첨된 복권을 줍게 되는 확률이나 마찬가지였다.

애쉴리가 파리 샤넬 공방 패션쇼에 참가하기 위해 떠난 날 한수도 비행기를 탔다.

그러나 그가 향한 곳은 한국이 아니었다.

할리우드가 있는 로스앤젤레스였다.

그리고 그곳에서 한수는 수염을 덥수룩하게 기른 폴 그린그래스 감독을 만날 수 있었다.

폴 그린그래스 감독이 웃으며 한수를 반겨왔다.

"반갑습니다, 한스 씨. 당신이 오기를 애타게 기다리고 있었어요."

"감사합니다, 감독님. 이렇게 뵙게 되어 영광입니다."

"자자, 바로 액션씬부터 한번 볼까요? 일단 「본 얼티메이텀」을 본 적 있겠죠?"

"예, 물론이죠."

"그럼 탕헤르에서 제이슨 본이 데시를 만나 맨손격투를 했던 것도 기억하고 있겠군요. 그 장면을 한번 맞춰보도록 합시다. 이 친구가 데시 역할을 맡아줄 겁니다."

그리고 한수는 처음 보는 상대와 「본 얼티메이텀」에서 제이
슨 본이 보여줬던 그 모습 그대로 합을 맞추기 시작했다.

얼마 지나기도 전 폴 그린그래스 감독이 눈을 크게 떴다.

그리고 그의 입가에 보름달처럼 환한 미소가 걸리기 시작
했다.

한수의 머릿속에는 「본 얼티메이텀」의 모든 장면이 초 단위
로 저장되어 있었다.

폴 그린그래스 감독이 요구한 건 화장실에서 제이슨 본이
데시를 만나 격투를 벌인 바로 그 장면이었다.

당시 제이슨 본은 니키 파슨스 뒤를 쫓던 CIA 측 암살 요원
데시와 격투를 벌이게 되는데 면도칼을 휘두르는 데시를 상대
로 제이슨 본은 수건을 이용해 그를 제압하고 질식사시키는
데 성공하게 된다.

두 사람 간의 호흡이 중요한 것은 당연한 일이었고 뿐만 아
니라 두 연기자 모두에게 수준급의 실력이 요구되는 장면이었
다.

그렇다 보니 폴 그린그래스 감독의 요구에 갑작스럽게 이곳
에 불려 나온 무술 감독인 야안 루히안(Yayan Luhian) 입장에서
는 솔직히 불편할 수밖에 없었다.

오랜 시간 서로 합을 맞춰온 사람도 아니고 생면부지인 사람하고 고난이도의 격투씬을 펼쳐야 했기 때문이다.

야안 루히안이 한수를 보며 물었다.

"한스 씨, 가능하겠어요?"

"그럼요."

한수가 고개를 끄덕였다.

야안 루히안이 눈살을 찌푸리며 물었다.

"칼리 아르니스는 할 줄 알아요?"

"예, 텔레…… 아니, 배운 적 있어요."

"흠, 좋아요."

그는 볼펜 한 자루를 집어 들었다.

"이걸 면도날 대신으로 쓸게요. 그리고 이거 받으시고."

한수는 야안 루히안이 내민 수건을 받았다.

그리고 두 사람은 천천히 화장실에서 제이슨 본이 데시를 상대로 보여줬던 기술을 펼쳐 보이기 시작했다.

처음부터 빠른 속도로 손을 섞은 건 아니었다.

처음에만 해도 시간의 흐름을 느리게 한 것처럼 두 사람 모두 슬로우 모션이었다.

볼펜을 한수를 향해 이리저리 찔러대는 야안 루히안을 상대로 한수는 제이슨 본이 그러했던 것처럼 손수건으로 그의 손목을 휘감았다.

동시에 한수는 제이슨 본이 그러했듯이 야안 루히안의 목을 뒤에서 수건으로 감쌌고 세게 누르기 시작했다.

"커, 커컥."

야안 루히안이 숨을 급하게 토해냈다.

한 발 뒤늦게 한수가 손을 떼었다.

야안 루히안이 고개를 절레절레 저었다.

"……당신 폴의 오타쿠예요?"

"오타쿠?"

"음, 그러니까…… 폴의 팬 맞죠? 아니, 정확히 이야기하자면 「본 얼티메이텀」을 극도로 좋아하는 개인 팬이냐고 물어봐야 하려나요?"

한수가 야안 루히안을 보며 물었다.

"갑자기 그건 왜 물어보시는 거죠?"

"동작이 전혀 군더더기가 없어서요. 저 순간 맷하고 합 맞춰보는 줄 알았어요. 아, 맷이 누군지는 알죠?"

"맷 데이먼 말씀하시는 거 아닙니까?"

"하하, 맞아요. 어쨌든 진짜 대단하네요. 이번에는 제대로 한번 가볼까요?"

그때였다.

폴 그린그래스 감독이 소리쳤다.

"잠깐만."

그리고 폴 그린그래스 감독이 사람을 사무실 안에 불러들였다.

뭐라고 지시를 내린 뒤 그가 입을 열었다.

"좁아터진 사무실 말고 세트장 가서 한번 해보자고."

"그거 좋네요. 박진감 넘치고 나쁘지 않겠어요."

야안 루히안이 고개를 끄덕였다.

"한스, 괜찮나? 그리고 이거 촬영도 해볼 생각이네."

"촬영까지요?"

폴 그린그래스 감독이 고개를 끄덕였다.

폴 그린그래스 감독은 처음 한수가 야안 루히안하고 호흡을 맞추는 모습을 보면서 맷 데이먼이 저 자리에 서 있는 줄 알았다.

분명히 야안 루히안하고는 처음 보는 사이일 테고 영화관이나 DVD로 「본 얼티메이텀」를 봤을 수는 있겠지만 저렇게 완벽하게 따라 할 줄은 생각지도 못한 일이었다.

처음에만 해도 느릿하게 호흡을 맞춰가다가 그 후 속도를 붙이며 함께 합을 맞춰가는 모습이 엄청났다.

그는 머릿속으로만 그리고 있던 시나리오가 조금씩 완성되어 가는 걸 느꼈고 그때 직감했다.

이 장면을 직접 촬영해 보고 싶다고.

촬영해서 어떤 그림으로 만들어질지 보고 싶다고.

그래서 그는 제작사 직원을 불러서 비어 있는 세트장 하나를 물색해 달라고 요구한 것이었다.

처음에만 해도 한수를 탐탁지 않아 하던 야안 루히안이 그한테 호감을 가진 것도 있었다.

그렇게 폴 그린그래스 감독은 할리우드에 비어 있는 세트장 하나를 찾아서 들어섰다. 연락을 받고 카메라 감독도 이미 와 있었다.

기본적인 촬영 세팅은 끝마쳐둔 상황.

폴 그린그래스 감독과 오랜 시간 함께 일해 온 촬영 감독 윌리 버틀러가 퉁명스러운 목소리로 물었다.

"폴! 도대체 무슨 일이기에 이 시간에 불러내는 거야? 한동안 촬영 없을 거라고 했잖아?"

"미안해, 윌리 버틀러. 그런데 자네 도움이 필요한 일이 생겼어. 그래서 부른 거야."

"야안도 있네? 야안!"

야안 루히안도 반갑게 윌리 버틀러에게 인사를 건넸다.

그리고 야안 루히안하고 함께 들어오는 한수를 윌리 버틀러가 알아차렸다.

"어? 뭐야? 한스가 여기에 왜 있어? 그는 록페스티벌에 있어야 하는 거 아니야?"

"겨울에 무슨 록페스티벌. 내가 오디션 볼 생각 없냐고 불렀어."

"오디션? 그게 뭔 뚱딴지같은 소리야?"

폴 그린그래스는 그동안 있었던 일을 간략하게 요약해서 설명했다.

윌리 버틀러의 눈이 동그래졌다. 그가 눈매를 좁히며 말했다.

"고작 그거 하나 보고 오디션 보겠다고 데려온 거야? 흐음, 유튜브 영상은 얼마든지 짜깁기가 가능하다고."

"진짜야. 안드레 실바는 지금 고소를 당했다고 하더라고. UFC 측에서도 자신들은 이번 일에 관여할 생각이 없다고 발뺌했다던데?"

"와, 한스가 안드레를 때려눕혔다고? 믿기지 않는 일이긴 한데…… 뭐, 동양에서는 어릴 때부터 가라데나 쿵푸, 태권도 같은 걸 가르친다는 소문이 있긴 했으니까."

"하하, 방금 전 야안 상대로 뭘 썼는지 들으면 기겁할걸?"

"왜? 카포에라라도 했나?"

야안 루히안이 웃으며 말했다.

"카포에라는 제가 했고 한스 씨는 칼리 아르니스를 했죠. 그것도 수준급 이상으로요. 보고 놀랐을 정도였어요."

한수가 멋쩍은 얼굴로 웃으며 말했다.

"「본 얼티메이텀」하고 「아저씨」에서 많이 참고했어요."

"「아저씨」? 아, 그 영화 괜찮게 봤지. 꽤 연출에 공을 들인 노력이 보이던 작품이었어. 그 주연 배우 연기도 나쁘지 않았고. 그리고 보니 그 배우는 작품 활동 안 하던가?"

영화 「아저씨」의 주연 배우 원성준.

그는 「아저씨」 이후로 더는 영화 촬영을 하지 않고 있었다.

그의 복귀를 갈망하던 국내 팬들도 이제는 지쳐 떨어져 나갔을 만큼 배우 원성준은 존재하는지 의구심이 들 정도로 배우 활동이 희미했다.

"예, 아직도 작품 활동을 안 하고 계실 겁니다."

"흐음, 그렇군."

"왜 그러시죠?"

폴 그린그래스 감독이 웃으며 말했다.

"내가 자네를 주연 배우로 캐스팅하려 했던 시나리오 말이야. 실은 영화 「아저씨」를 보고 나서 생각해 낸 거였다네. 그래서 내심 미스터 원을 주연 배우로 써봤으면 어떨까 싶었었지. 그런데 시나리오가 어느 정도 완성됐을 무렵 그는 이미 잠적해 버렸더군. 그것 때문에 내 시나리오는 주인을 잃은 채 헤매고 있었고."

"아…… 그런 속사정이 있었군요."

"걱정 말게. 그 덕분에 더 좋은 배우를 찾은 느낌이니까 말이야. 자자, 윌리 버틀러. 슬슬 촬영에 들어가 봐도 될까?"

"물론이지. 준비는 다 끝났네."

"오케이! 그럼 간단하게 한 씬만 찍어보자고.「본 얼티메이텀」에서 제이슨 본이 데시를 상대하던 그 씬이야."

"그럼 서재부터 시작할 건가? 아니면 화장실만?"

"서재부터 들어가야지. 이왕 가는 거 길게 찍어보자. 원테이크로 끝낼 수도 있으니까."

윌리 버틀러는 그 말에 눈살을 찌푸렸다.

야안 루히안이야 이 바닥에서 몇십 년째 경력을 쌓아오고 있는 무술 감독이자 배우다.

그는 충분히 신뢰할 만하다.

하지만 한수는 이제 막 영화 한 편을 찍은 신인 배우다.

그것도 한국 시장에서, 아직 개봉도 안 한 영화이고 할리우드는 이번이 처음이다.

그렇다 보니 윌리 버틀러는 만약 한수의 연기가 별로라고 판단되면 어떻게 해서든 폴 그린그래스 감독을 뜯어말릴 생각이었다.

그러는 동안 한수는 야안 루히안하고 이런저런 대화를 나누고 있었다.

아무래도 어떻게 동선을 짜 맞출지 어떤 식으로 서로 합을 맞출지 논의 중인 듯 보였다.

　진지한 자세로 임하고 있는 한수를 보고 있으니 그래도 기본자세는 되어 있는 것 같아서 나쁘지 않아 보였다.

　이제 남은 건 연기도 준비하는 과정 못지않게 잘해내는 것뿐이었다.

　촬영이 시작됐다.

　임시 촬영이었다.

　카메라가 분주하게 돌아다니는 가운데 두 사람은 박력 넘치게 서로 부딪치기 시작했다.

　서로를 잡아끌며 주먹을 부딪쳤다. 그리고 한수가 손을 잡아서 비틀려 할 때 야안 루히안이 공중에서 한 바퀴 돌며 벗어났다.

　그 순간 한수가 야안 루히안의 발을 걷어찼고 야안 루히안이 넘어지는 틈을 타서 발길질을 거듭했다. 그때 가까스로 일어선 야안 루히안이 한수를 그대로 들어 올려 바닥에 내리찍었다.

　동시에 그가 주변에 굴러다니는 소품 하나를 집어 든 다음 한수를 향해 휘둘렀다.

한수가 한 발 차이로 그것을 피해냈고 동시에 바로 옆에 있던 책을 집은 다음 야안 루히안의 발등을 찍었다.

"크윽."

야안 루히안이 주춤거리는 사이 이번에는 한수가 그를 밀어붙였다.

두 사람의 호흡이 절묘하게 맞아떨어지면서 그야말로 명장면 하나가 완성되어가고 있었다.

세트장을 바라보던 윌리 버틀러는 카메라에서 눈을 뗐다.

그리고 두 눈으로 직접 두 사람이 맞부딪치는 장면을 쳐다봤다.

온몸에 자글자글 닭살이 돋아났다.

엄청났다.

야안 루히안은 애초에 저 정도는 해줄 거라는 걸 알고 있었다.

그는 인도네시아 영화인 「레이드」에서 이에 못지않은 모습을 보여줬고 그 덕분에 「스타워즈: 깨어난 포스」에도 조연으로 출연하기까지 했다.

그 정도는 해주기 때문에 충분히 신뢰하고 있었다.

하지만 촬영이 계속되면 계속될수록 윌리 버틀러의 눈을 잡아끌고 있는 건 바로 강한수였다.

윌리 버틀러가 알고 있는 강한수는 배우가 아닌 가수였다. 브릿팝을 다시 유행시킨 록 가수. 그리고 불과 반년도 안 되어서 그는 갑자기 무슨 생각에서인지 축구 선수가 되겠다고 선언해 버렸다.

그때에만 해도 반응은 진짜 상상을 초월할 정도였다.

때마침 영국과 미국에서는 한스 신드롬이 불어 닥치며 몇 차례 투어만 했어도 떼돈을 벌어들였을 게 분명했기 때문이다.

그런데 맨체스터 시티에 축구 선수로 입단한 그는 그야말로 경이로운 성적을 보여주며 새로운 역사를 써내려가는 데 성공했다.

그 이후 다시 고국에 귀국한 걸로 알고 있었는데 갑자기 그가 액션 배우가 되어 할리우드에 입성한 것이다.

'도대체 이 인간은 뭐지?'

끝이 안 보이는 인간.

양파처럼 깔수록 새로운 매력을 발산하는 사내.

윌리 버틀러는 카메라 줌을 당겼다.

한수의 모습이 더욱더 카메라에 가득 담기기 시작했다.

그가 보여주는 무표정한 모습. 그러나 그 안에서 느껴지는 강렬한 살의, 증오 등이 카메라 바깥으로 터져 나올 것만 같았다.

윌리 버틀러는 숨을 거칠게 내쉬었다.

상대를 압도하는 그 눈빛은 흡사 진짜 제이슨 본을 보는 것 같았다.

어째서 그렇게 까다로운 폴 그린그래스 감독이 순한 양이 되어 이곳까지 촬영을 하러 왔는지 알 것 같았다.

월리 버틀러는 침을 꿀꺽 삼켰다.

조금 더 그를 카메라로 담고 싶었다. 그리고 이곳이 아닌 야외 세트장에서도 그를 한번 담아보고 싶었다.

과연 그가 또 어떤 매력을 뿜어낼지 궁금했다.

그뿐만 아니라 강한수가 폴 그린그래스 감독의 시나리오를 소화해 낼 수 있을지도 알고 싶었다.

그때였다.

한수가 야안 루히안을 수건으로 목을 감은 채 질식사시키려는 장면에서 폴 그린그래스 감독이 함박웃음을 지으며 만족한 얼굴로 소리쳤다.

"컷!"

아까 전 폴 그린그래스 감독이 공언한 그대로였다.

단 한 번의 촬영에 「본 얼티메이텀」의 백미라고 할 수 있는 이번 씬이 끝나버린 것이었다.

짝짝짝짝-

좁은 세트장을 채우고 있던 스태프들 사이에서 누가 뭐라 할 것도 없이 박수갈채가 터져 나왔다.

촬영이 끝났다.

폴 그린그래스 감독과 카메라 감독 윌리 버틀러는 다시 한 번 영상을 돌려봤다.

군더더기가 전혀 없었다.

그때 멋진 액션을 보여준 한수와 야안 루히안이 두 사람에게 걸어와서 물었다.

"어땠어요? 문제없죠?"

"물론이죠. 한스 씨, 최고였어요."

폴 그린그래스 감독이 엄지를 번쩍 치켜들었다.

윌리 버틀러도 혀를 내두르며 말했다.

"진짜…… 대단하네요. 솔직히 이 정도일 줄은 몰랐는데 놀랐습니다."

윌리 버틀러는 진심으로 놀란 듯했다. 그 감정표현에 한수도 환하게 미소를 지었다.

"감사합니다. 미스터 버틀러."

폴 그린그래스가 넉살스럽게 웃으며 윌리 버틀러에게 물었다.

"윌리, 어때? 주연 배우로 낙점해도 충분할 거 같지?"

"그럼. 한스 씨라면 난 무조건 찬성이야."

"제작사에서도 반대하진 않을 거야. 애초에 이 시나리오는 동양인 배우를 주연 배우로 낙점해 놓고 찍을 생각이었으니까."

"한스 씨면 주연 배우로 최고지. 일단 티켓파워도 있잖아. 유명세가 있으니까 제작사에서 웬만하면 반대 안 할 거라고 나도 생각 중이었어."

"좋아."

폴 그린그래스 감독이 한수를 보며 물었다.

"한스 씨, 오디션은 합격입니다. 촬영은 언제부터 가능할까요?"

"……일단 저는 귀국을 해야 합니다. 사실 감독님께서 캐스팅을 하고 싶다고 하셔서 이곳까지 오긴 했지만 일단 제 기획사하고도 이야기를 해봐야 합니다. 출연료나 이런 문제에 있어서 협의도 필요하고요. 아직 감독님도 제작사를 설득하지 못하신 것 같으니까……. 그 이후에 다시 논의해 보시는 게 어떨까요?"

"흠, 제가 너무 성급하게 생각한 게 맞네요. 좋습니다. 그렇게 하죠."

폴 그린그래스 감독이 고개를 끄덕였다.

게다가 그는 한수의 몸값이 어마어마하다는 것도 알고 있었다. 실제로 한 중국 프로팀에서는 그에게 어마어마한 연봉을 제시했다는 소문이 있었기 때문이다.

"좋아요. 그러면 다음에 봅시다. 저는 무조건 한스 씨를 캐스팅하기로 마음먹었어요. 제작사는 제가 어떻게든 설득할 겁니다. 그러니까 한스 씨, 꼭 우리 같이 작업 한번 해봅시다."

한수가 환하게 미소 지으며 폴 그린그래스 감독이 내민 손을 마주 잡았다.

TBC 예능국.

근래 들어 부침을 겪고 있던 TBC 예능국은 요즘 다시 활기를 되찾아가고 있었다.

강한수의 복귀와 더불어 새롭게 런칭한 「힐링 푸드」가 시청자들로부터 엄청난 호평을 끌어내는 데 성공했다.

시청률은 다소 아쉬운 감이 없지 않아 있지만 그걸 감안하더라도 사람들의 반응은 대단히 열광적이었다.

강한수가 앞으로 TBC 예능 프로그램에 계속해서 출연한다면 지속적으로 보겠다는 시청자들의 지지가 끝을 모르고 이어졌을 정도였다.

그 정도로 한수는 지금 사실상 국민 스타나 다름없었다.

덕분에 「힐링 푸드」 다음에 연이어 나갈 「무엇이든 만들어 드려요」 시즌2 같은 경우에는 전성기 때의 시청률을 회복할 수 있지 않을까 생각하고 있었다.

그리고 윤환이 그의 소속사에 새로 합류하면서 「하루 세끼」

시즌3 역시 순풍에 돛단 듯 조만간 촬영을 할 수 있지 않을까 생각되고 있었다.

한 가지 걱정이 있다면 한수가 「하루 세끼」 시즌3에 나올 수 있느냐 없느냐 하는 여부였다.

지난 1년 동안 그의 위치는 천정부지 하늘 위로 치솟았다.

대한민국에서 가장 유명한 연예인을 손꼽으라면 예전에는 그게 이래저래 나뉘었겠지만 지금 사람들은 단 한 명을 꼽는다.

강한수.

졸지에 한수는 대한민국에서 가장 유명한 연예인이 되어버렸다.

국내에서 그의 인기는 하늘을 찌를 정도다.

모든 매체가 그와 인터뷰를 하고 싶어 하고 모든 매체가 그의 일거수일투족을 주목하고 있다.

게다가 얼마 전 공개된 대본 리딩 현장이 인터넷에 뜨면서 연기도 못하는데 연기를 한다던 비판적인 여론은 크게 줄어들었다.

TBC 예능국의 스타 피디 황 피디는 인터넷으로 다시 한번 한수의 대본 리딩 현장을 지켜봤다.

대본을 읽는 것인데도 불구하고 그의 연기력은 모니터를 뚫고 나올 만큼 소름 돋게 느껴지고 있었다.

그야말로 완벽 그 자체였다.

배역에 백 퍼센트 몰입하고 있다고 봐도 과언이 아니었다.

오죽했으면 몇 번 영화에 출연했던 다른 베테랑 배우들이 오히려 그한테 밀리는 인상을 보였을 정도였다.

한수와 서현이 알콩달콩 대화를 주고받는 모습은 매력적이었고 한수가 중저음의 목소리로 노래를 부를 때는 그의 매력에 누구라도 푹 빠질 수밖에 없을 것처럼 달달하기만 했다.

"한수 씨가 이렇게 연기를 잘했나?"

"그러게요. 저도 보면서 진짜 놀랐다니까요."

유 피디가 고개를 절레절레 저었다.

황 피디가 영상을 끈 뒤 입술을 깨물었다.

"만약…… 영화배우 계속한다고 예능 안 하면 어떻게 하지?"

"설마요. 박 팀…… 아니, 박 대표님께서 어련히 중간에서 컨트롤해 주시겠죠."

"그래도…… 하, 불안한데. 한 번 더 전화를 해봐야 하나?"

"지금 엄청 바쁘시지 않을까요? 한수 씨 스캔들 터진 것 때문에 난리도 아니잖아요."

마침 그 날은 한수의 스캔들이 갑작스럽게 터져 버린 날이었다.

「데어패치」에서 한수가 금발 미녀하고 연애 중인 것을 보도했기 때문이다.

그것 덕분에 한수와 박 대표가 세운 기획사는 전화 통화는

커녕 아무것도 연락되지 않을 만큼 비상이 걸린 상태였다.

한수는 당시 미국에 건너가 있었기 때문에 바로 확인하는 게 불가능했기 때문이다.

"어떻게 된 걸까요? 진짜 사귀는 걸까요?"

"글쎄. 만약 사귀는 거라면…… 영화에도 안 좋은 영향을 끼칠지도 모르겠네."

"뭐, 서현 씨하고 연결되는 것도 아니지 않았어요? 그리고 개봉하려면 아직 멀었는데요, 뭘."

"아직 멀었기는. 내년 3월쯤 개봉 예정이라더라. 후반 작업도 거의 다 끝났는데 봄 시기에 맞춰 개봉하려고 약간 미뤘다고 하더라고."

"정말요? 생각보다 되게 빠르네요."

"그만큼 배우들이 열연했다는 증거겠지."

그때 얼마 지나지 않아 한수의 소속사에서 공식 발표가 있었다.

그것은 열애설이 사실이며 두 사람은 지금 호감을 갖고 서로 발전 중이라는 공식 기사였다.

기사를 본 황 피디와 유 피디는 서로를 보며 고개를 절레절레 저었다.

"와, 이게 사실이면……."

"서현 씨하고 지연 씨, 두 분 마음고생이 심하겠네요."

"그렇겠지?"

그들은 배우 김서현과 가수 권지연이 한수를 좋아하고 있다는 걸 알고 있었다.

함께 촬영을 하다 보면 그것을 모르려야 모를 수가 없었다.

그런 탓에 두 사람은 내심 한수가 둘 중 한 명하고 이어지더라도 잡음 없이 이어지길 바랐다.

그러나 전혀 쌩뚱 맞은 사람하고 엮여 버린 것이었다.

그래도 두 사람한테 한수의 열애설은 크게 중요하지 않은 문제였다.

일단 그들은 한수가 「하루 세끼」 시즌3 촬영만 해준다면 그것만으로도 매우 만족하는 입장이었기 때문이다.

그리고 며칠 뒤 박 대표가 미적거리며 확답을 주지 못하고 있을 때 두 사람은 엄습해 오는 불안감을 느껴야만 했다.

그것도 잠시 곧 한수가 귀국한다는 소식을 듣고 두 사람은 전략을 짜기 시작했다.

어떻게 해서든 한수를 끌어들여야 했다.

그래야 윤환도 섭외할 수 있을 테고 「하루 세끼」 시즌3 촬영도 가능해지기 때문이다.

그리고 그들은 귀국한 한수를 두 번째로 만날 수 있었다.

한수가 귀국하자마자 처음 만난 건 박 대표와 윤환이었다.

사무실에서 두 사람은 한수를 기다리고 있었다.

박 대표는 물론 윤환까지 한수가 귀국하기만을 바라던 상황이었다.

그럴 수밖에 없었다.

다른 누구도 아닌 폴 그린그래스 감독이었다.

아직 언론에는 이야기가 흘러나가지 않았지만 소문이 퍼지는 건 시간문제였다.

이미 할리우드에서 대거 활동 중인 파파라치들이 한수의 일거수일투족을 감시 중이었기 때문이다.

윤환이 한수를 보며 곧장 물었다.

원래대로였으면 한수를 골려주며 적당히 썰을 풀다가 본론에 들어갔겠지만 지금은 그럴 수가 없었다.

"어떻게 됐어? 폴 그린그래스 감독이 뭐래?"

"캐스팅 들어왔어요. 확정이에요."

"진짜?"

"예. 일단 소속사하고 협의한 다음 연락한다고 했어요. 폴 그린그래스 감독님도 제작사와 논의해 봐야 할 거 같아서요. 일단 이번 시나리오 주연 배우는 무조건 저로 하실 거라고 하더라고요."

"대박이네. 이제 영화 한 편 찍은 신인 배우가 할리우드 진출이라니……."

윤환은 고개를 절레절레 저었다.

아무리 생각해 봐도 믿기지 않는 일이었다.

그때 박 대표가 한수를 보며 물었다.

"우리도 적극 환영했잖아. 근데 곧장 안 받아들인 이유는 뭐야?"

"「하루 세끼」 시즌3 때문에요."

"응?"

윤환이 눈을 휘둥그레 떴다.

한수가 그런 윤환을 보며 말했다.

"형이 우리 소속사에 온 건 「하루 세끼」 시즌3 때문인 것도 있잖아요. 그동안 황 피디님하고 유 피디님이 저 도와주신 것도 있고."

"야. 그래도 그렇지. 할리우드 영화에 비할 바냐? 니가 잘되는 게 곧 내가 잘되는 거야."

"형……."

한수가 윤환을 바라봤다.

윤환의 눈에는 순수한 호의만이 담겨 있었다.

그는 한수가 할리우드에 진출해서 진짜 성공해 주길 바라고 있었다.

실제로 할리우드는 인종차별이 적잖게 일어난다.

동양인 배우의 비율은 극소수다.

백인 배우가 대부분의 배역을 차지하고 그다음이 히스패닉 계열이다.

아시아인은 극소수다.

그런데 한수가 단숨에 주류로 올라설 수 있는 기회를 얻었다.

어중간한 작품도 아니고 액션 영화의 거장으로 알려져 있는 폴 그린그래스 감독의 작품이다.

누가 폴 그린그래스 감독 영화의 주연 배우로 캐스팅해 준다고 하면 억만금을 들고 가서라도 매달려야 하는 것이다.

"폴 그린그래스 감독의 마음이 바뀌기 전에 지금이라도 빨리 전화해. 그게 급선무야."

"음, 나도 이번 건 윤환 의견이 맞다고 본다."

"박 대표님도요?"

"그래. 물론 황 피디님이나 유 피디님이 그동안 해준 게 정말 많긴 하지만…… 네 인생이 걸린 문제야. 신중하게 생각하는 게 맞고 신중하게 생각한다면 내릴 수 있는 결정은 하나뿐이지. 환아, 안 그래?"

"응, 나도 형 의견에 동감."

그때 한수가 입을 열었다.

"그래도 저는 두 분하고는 이야기를 해보고 싶어요. 기사로 알기 전에 제가 제 입으로 직접 말하고 싶거든요. 그게 예의인 거 같고요."

"휴, 그래. 그러자."

황 피디와 유 피디가 한수에게 해준 것도 적지 않다.

그걸 생각해 본다면 그들에게 미리 언질을 해두는 건 당연한 일이다.

얼마 뒤, 세 사람이 있는 곳에 황 피디가 허겁지겁 달려왔다.

유 피디는 편집 때문에 바빠서 오지 못했다고 이야기를 덧붙였다.

황 피디는 한수의 소속사에 도착하자마자 분위기부터 살폈다. 그리고 가라앉은 분위기에 입술 끝이 썼다.

아무래도 오늘 자신이 원하는 걸 얻기엔 불가능할 듯했다.

무언가 꼬여도 단단히 꼬인 듯한 느낌이었다.

그때 한수가 황 피디를 보며 단도직입적으로 말했다.

"황 피디님, 「하루 세끼」 시즌3 말인데요."

"아, 예. 한수 씨."

"그거 촬영, 어려울 거 같아요."

"네? 그게 무슨……."

이미 예능국 국장과 본부장의 허락도 받아둔 황 피디다.

그의 얼굴이 새까맣게 썩어들어 갔다.

그것도 잠시 한수 말에 그가 입을 쩍 벌렸다.

주먹 하나가 들어갈 만큼 커다란 크기였다.

"하, 한수 씨가 하, 하, 할리우드……."

아무래도 할리우드 진출보다 더 큰 조건을 제시하기 전에는 그의 마음을 되돌리긴 힘들 것 같았다.

잠시 뒤, 황 피디가 입을 열었다.

"한수 씨, 할리우드 진출하시게 된 거 축하합니다."

황 피디는 노련했다.

그 날 한수는 폴 그린그래스 감독에게 출연 의사를 밝혔다. 그 전날부터 폴 그린그래스 감독은 제작사와 협의 중이었다.

할리우드는 한국과 달리 감독의 권한이 그렇게 강한 편이 아니다.

영화를 찍기 위해서 스텝들과 하루에도 수차례 회의를 하는 경우가 잦다.

게다가 할리우드 작품 중 아시아인의 비율은 5.1%에 불과하며 백인을 제외한 나머지 인종의 비율도 12.9%밖에 되지 않는다.

그러나 기어코 폴 그린그래스 감독은 한수를 캐스팅하는데 성공할 수 있었다.

투자사에서 불안해하긴 했지만 그래도 한수이기 때문에 섭외에 성공할 수 있었다.

만약 다른 배우였으면 애초에 캐스팅이 어려웠거나 혹은 주인공 역할을 맡기는 게 어려웠을 것이다.

인지도 때문이다.

위험부담을 안고 인지도가 낮은 동양인 배우를 캐스팅하는 것보다는 인지도 높은 할리우드 스타를 캐스팅하는 게 훨씬 더 안전하기 때문이다.

영화 한 편을 제작하는데 수천만 달러에서 많게는 수억 달러가 들어가는 걸 감안하면 위험부담을 굳이 떠안을 필요는 없는 게 사실이었다.

그렇지만 한수는 미국에서 꽤 인지도가 높은 편이었다.

물론 영화배우가 아닌 가수로 인지도가 높은 것이었지만 그래도 한때 신드롬을 일으켰다는 것만으로도 충분했다. 지금도 미국에서 브릿팝은 꽤 순항 중이었기 때문이다.

그런데 여기서 끝나지 않았다.

맷 데이먼이 한수의 액션씬을 보게 됐다.

폴 그린그래스 감독은 촬영이 끝난 뒤 영상 원본을 그대로 몇몇 사람들에게 공유했다.

개중에는 맷 데이먼도 있었다.

아무래도 그가 찍은 영화 「본 얼티메이텀」의 명장면을 촬영한 만큼 맷 데이먼의 감상도 듣고 싶었기 때문이다.

그리고 며칠 뒤 독일에서 촬영 중이던 맷 데이먼에게서 전화가 왔다.

폴 그린그래스 감독은 반갑게 전화를 받았다.

"어, 맷? 잘 지내고 있나?"

-물론입니다, 감독님. 감독님께서는 잘 지내십니까?

"하하, 당연히 잘 지내고 있지."

-벌써 삼 년째 소식이 없는걸요? 감독님 차기작 소식이 없어서 내심 걱정 중이었습니다.

"걱정은 무슨."

-그보다 며칠 전 보내주신 영상 말인데요. 도대체 누구예요? 얼굴이 낯이 익긴 한데…… 설마 제가 알고 있는 그 사람은 아니죠?

폴 그린그래스 감독이 웃으며 물었다.

"하하, 누구를 생각했나?"

-혹시 한스 아닙니까? 한스 강이요. 얼굴만 보면 한스 강인 거 같긴 한데…… 그 사람은 가수 아니었나요?

폴 그린그래스 감독은 맷 데이먼의 말에 웃음을 터뜨렸다.

"하하하."

-역시 아니죠? 아무리 생각해도 제가 잘못 짚은…….

"아니야. 자네가 생각한 그 사람이 맞아. 한스 강일세. 이번 내 신작 영화의 주연 배우를 맡아줄 사람이지."

-신작 영화에 주연 배우를요? 혹시 시나리오를 보내주실 수 있습니까?

"왜? 자네도 출연할 생각이 있나? 주연 배우 역할은 이미 한스 강 것인데?"

폴 그린그래스 감독이 능청스러운 얼굴로 물었다.

맷 데이먼이 바로 대답했다.

"관심 많습니다."

그다음 날 캐스팅 뉴스가 떴다.

폴 그린그래스 감독의 신작 영화에 강한수가 주연 배우 역할로 정식 캐스팅이 되었다는 소식이었다.

할리우드는 그 소식에 시끌벅적해졌다.

설마하니 폴 그린그래스 감독이 동양인 배우를 조연도 아닌 주연 배우 역할로 쓸 줄은 그 누구도 생각지 못한 일이었다.

게다가 그 동양인 배우가 중국인도 아닌 한국인이었다.

만약 중국인이었으면 중국 자본 때문에 주연 배우로 골랐다는 의혹이 제기될지도 몰랐다.

하지만 한수는 한국인이었기 때문에 그런 의혹이 제기되지는 않았다.

오히려 미국인들은 그동안 가수로 이름을 날린 한수가 과연 영화에서는 어떤 연기를 보여줄지, 그리고 액션 연기는 얼마나 뛰어날지 그 점을 궁금해하고 있었다.

그리고 그 다음 날 아침 국내 연예란 역시 한수의 캐스팅 뉴스를 다룬 기사들로 가득 찼다.

믿기지 않는 소식이었다.

그동안 한국인이 할리우드에서 영화배우로 출연한 경우는 몇 차례 있었다.

즉 최초를 논할 수는 없는 일이었다.

그러나 대부분 악역을 맡는 경우가 많았고 선역이라고 해도 조연에서 벗어나지 못하는 경우가 잦았다.

그게 아니면 대부분 성적이 좋지 못하고 흥행에서 참패하기 일쑤였다.

그래서일까?

소위 말하는 비평가들의 반응은 조금 싸늘한 편이었다.

한수가 한스 신드롬을 일으키며 미국에서 폭발적인 인기를 끌긴 했지만 그것은 어디까지나 음악계에 한정된 것일 뿐이고 그의 연기력도 아직 입증되지 않은 상태였기 때문이다.

반면에 한국에서 한수의 반응은 대단히 열광적이었다.

그도 그럴 것이 이제 개봉이 얼마 남지 않은 한수의 신작 영화 같은 경우 연기력 논란이 조금 사그라들긴 했지만 그래도 잡음이 많긴 많았다.

하지만 그것은 한수가 할리우드에 진출하는 것이 확정되는 순간 눈 녹듯 없어져 버렸다.

한수보다 연기를 잘해도 할리우드에 진출하지 못하는 배우들이 수두룩했다.

그런 상황에서 한수가 할리우드에 진출해 버렸으니 간이 배밖으로 나왔다고 해도 한수를 욕할 수는 없는 일이었다.

한국 사람들한테 지금 한수가 해낸 일은 국위선양에 준하는 일이었기 때문이다.

오히려 그 덕분에 한수의 영화가 얼마나 잘 뽑혔을지 기대하는 사람들이 늘어나기 시작한 게 호재라면 호재라고 할 수 있었다.

하지만 이 소식을 듣고 급격히 우울해진 곳이 있었다.

그곳은 바로 구름나무 엔터테인먼트였다.

"X발! 진짜 되는 일이 하나도 없네!"

2팀장은 잔뜩 일그러진 얼굴로 스포츠신문을 집어던졌다.

여전히 아날로그를 좋아하는 그는 늘 자신의 책상 위에 그날의 스포츠신문이 놓여 있기를 좋아했다.

오늘도 출근해서 제일 먼저 스포츠신문을 읽은 그는 1면에 대문짝만하게 실린 뉴스를 보고는 잔뜩 인상을 구길 수밖에 없었다.

하필이면 그가 가장 껄끄럽게 생각하고 있고 최근 들어서는 가장 싫어하는 놈 중 하나가 할리우드 진출에 성공했기 때문이다.

게다가 감독은 「본 트릴로지」의 2부작, 3부작 그리고 5부작을 연출한 폴 그린그래스였고 소문에 의하면 맷 데이먼도 출연 의사가 있다고 한 걸로 알려져 있었다. 아무리 생각해도 열받는 일이 아닐 수 없었다.

"젠장! 왜 이 자식은 하는 일마다 죄다 잘 풀리는 거냐고!"

생각해 볼수록 머릿속에서 스팀이 끓어오르는 것만 같았다.

일부러 한수를 엿 먹이기 위해 그의 옛날 연기 연습 영상을 갖고 있었다.

그는 신입 직원에게 소속 배우들의 프로필 및 회사 입사 후 찍은 영상들을 올리게끔 했다. 그리고 2팀장은 슬그머니 아래 실장들을 시켜 한수의 연기 연습 영상을 끼워 넣게끔 했다.

일부러 그에게 엿을 먹이고 싶다는 생각에서였다.

실제로 그건 성공했고 죄 없는 신입사원만 피해를 봤다. 하지만 2팀장은 전혀 양심의 가책이 들지 않았다.

애초에 그것은 신입사원이 잘못한 것이었다. 보다 더 꼼꼼하게 확인했어야 하는 일이었다.

어쨌든 그 날 이후 한수의 영화는 무조건 망할 거라는 게 2팀장의 판단이었다.

하지만 상황이 반전되어 버렸다.

분명히 구름나무 엔터테인먼트에 있을 때만 해도 한수의 연기 실력은 형편없었다.

눈을 뜨고 볼 수 없는 수준이었다.

그런데 맨체스터 시티로 이적해서 축구는 안 하고 연기를 배운 것인지 연기 실력이 기막히게 늘어 있었다.

구름나무 엔터테인먼트가 배우들을 맡기는 연기 선생님한 테 물어봐도 연기 선생님이 한 말은 하나였다.

「타고났다.」

그 말을 들은 2팀장은 금세 욕지거리를 내뱉으려다가 참아야 했다.

불과 일 년 전 강한수를 보고 절대 연기 가르치면 안 된다고 혈압 오를 거 같다면서 게거품을 물고 지랄했던 게 바로 이 연기 선생님이었기 때문이다.

2팀장은 끓어오르는 화를 묵묵히 삭이다가 몸을 일으켰다. 그리고 그가 향한 곳은 1팀장실이었다.

1팀장은 예의 그 무미건조한 눈빛으로 2팀장을 쳐다보며 물었다.

"이 팀장님이 여기는 어쩐 일이시죠?"

"일 팀장님, 오늘 신문은 보셨습니까?"

"출근하기 전에 봤습니다. 저는 출근하면서 인터넷을 보거든요."

"어쨌든 그건 됐고, 강한수 소식도 보셨겠군요."

"예, 봤습니다."

"일 팀장님은 샘도 안 나십니까? 일 팀장님이 그렇게 노래를 부르던 할리우드를, 강한수가 먼저 진출했습니다. 그것도 폴 그린그래스라는 거장 감독의 신작 영화에 말입니다. 분하지도 않습니까?"

"애초에 강한수 씨는 제 소속 배우가 아니었습니다. 제가 딱히 샘낼 이유는 없죠. 그건 이 팀장님도 마찬가지 아닌가요? 이 팀장님이 그렇게 부러워할 이유가 있으십니까?"

"……제가 왜 부러워합니까? 저는 어디까지나 가수 소관인 걸요."

"흠, 그럼 저한테까지 찾아와서 이렇게 말하시는 이유를 도통 모르겠군요. 그만 나가주시죠. 다음부터는 노크 좀 하고 들어오시고요."

2팀장은 그 말에 벌게진 얼굴로 문을 닫고 나가버렸다.

가만히 그 뒷모습을 보던 1팀장이 눈매를 좁혔다.

아무래도 뭔가 구린내가 잔뜩 풍기고 있었다.

어쩌면 강한수하고 3팀장 그리고 윤환이 회사를 떠난 건 2팀장하고 연관이 있을지도 몰랐다.

캐스팅이 뜬 뒤 한수에게는 잔뜩 축하 인사가 쏟아졌다.

그러면서 한수의 신작 영화 개봉 일정이 조금 앞당겨졌다.

영화사에서 지금 이 분위기를 타고 조금 더 빨리 개봉하자고 제안을 건넨 것이었다.

덕분에 3월에 개봉 예정이었던 영화는 2월로 앞당겨졌다.

어차피 3월에 개봉하게 되면 한수는 각종 프로모션에 참석하는 게 불가능해질 터였다.

그때쯤이면 폴 그린그래스 감독의 신작 영화에 출연해야 하기 때문이다.

그러면서 부쩍 앞당겨진 영화 개봉 일정 때문에 동시에 홍보도 한결 빨라졌다.

영화의 전체적인 시놉시스는 음악을 좋아하는 두 남녀가 버스킹을 하던 도중 만나면서 벌어지는 이야기를 다루고 있었다.

물론 두 남녀 간에는 꽤 먼 간극이 존재했다.

한 명은 애가 있는 미혼부였고 다른 한 명은 아직 결혼도 안 한 여대생이었으니까.

어쨌든 한수의 할리우드 진출로 영화가 흥행하기 위한 조건은 갖춰진 상태였다.

입소문으로 못해도 몇십만 명은 영화관으로 끌어올 것이라는 예상이 지배적이었다.

그 정도만 되어도 충분히 손익분기점은 넘을 것으로 예상되고 있었기 때문에 다들 나름 기대 중이었다.

새로운 해가 시작되고 한수는 대학교 복학을 놓고 다시 한 번 고민해야 하는 처지가 됐다.

그에게 한국 대학교는 뜻깊은 의미를 갖고 있었다.

애초에 한수가 처음 능력을 얻게 된 것도 한국 대학교에 진학하고 싶어 하면서였고 부모님이 가장 좋아한 일도 한수가 한국 대학교에 입학한 것이었다.

하지만 한국 대학교에 복학하게 되면 전반적으로 모든 스케줄이 꼬여 버릴 테고 폴 그린그래스 감독의 신작 영화에 출연하는 것도 무산될 가능성이 농후했다.

이제는 선택을 해야 했다.

한국 대학교 경영학과를 졸업해서 관련 진로를 물색할지 아니면 폴 그린그래스 감독의 신작 영화에 출연해서 할리우드 스타가 될지.

그러나 폴 그린그래스 감독의 영화에 출연하기로 한 이상

이미 결정은 내려진 것이나 다름없었다.

결국 한수는 휴학 대신 자퇴를 하기로 결심했다.

그게 더 맞는 결정이라는 생각에서였다.

그렇게 한수는 자퇴 관련 서류를 한국 대학교에 제출하기 위해 경영대 학부장을 만나야 했다.

그러는 동안 미국에서는 폴 그린그래스 감독의 이번 신작 영화를 위한 캐스팅이 한창 진행 중에 있었다.

폴 그린그래스 감독은 자신의 입맛에 맞는 배우를 찾기 위해 스태프들과 함께 오디션을 진행 중에 있었다.

괜찮은 배우를 찾을 수 있느냐 없느냐가 매우 중요했기 때문에 심혈을 기울여 고르고 또 고를 생각이었다.

특히 여배우가 관건이었다.

그러는 사이 폴 그린그래스 감독의 눈을 잡아끈 영상이 하나 있었다.

배우들이 오디션을 보기 전 보내는 홈비디오로 찍은 자기소개 영상이었다.

"정말 이 배우도 오디션 보러 오는 겁니까?"

"예. 맞을 거예요, 감독님."

"……신기하군. 어쨌든 위험부담이 꽤 큰 영화인데 출연 의사를 밝힐 줄이야. 인터뷰는 언제 하기로 되어 있죠?"

"바로 다음 차례예요."

그리고 그 말이 끝나기 무섭게 그녀가 카메라 앞으로 걸어오는 모습이 보였다.

폴 그린그래스 감독을 비롯한 스태프들은 그 뒤 보이지 않는 곳에서 그녀가 하는 모습을 지켜보기 시작했다.

동시에 여주인공 배역을 위한 오디션이 시작됐다.

CHAPTER
5

확실히 폴 그린그래스 감독은 거장 중의 거장이었다.

그가 아니었으면 이 정도 네임밸류의 여배우들이 오디션을 보기 위해 몰려오진 않았을 것이다.

폴 그린그래스 감독은 카메라 앞에 앉아 연기 중인 여배우를 지그시 바라봤다.

갑작스럽게 주어진 짧은 대본인데도 불구하고 그녀의 연기는 흠잡을 곳 없이 완벽했다.

연기를 마친 그녀가 테스트룸에서 나간 뒤 폴 그린그래스 감독은 스태프들과 상의를 하기 시작했다.

"다들 어떻게 생각해요?"

"저는 합격이요."

"다른 여배우들도 봐야겠지만 이 정도면 최상 아닐까요? 이보다 더 좋은 배우를 찾긴 힘들 것 같은데요?"

"저도 그렇게 생각합니다."

모든 스태프가 이구동성으로 대답했다.

그럴 수밖에 없었다.

폴 그린그래스 감독도 그들의 의견에 동감하고 있었다.

강인한 여성상을 보여주고 싶은 폴 그린그래스 감독의 마음에 쏙 드는 여배우였다.

실제로 그녀는 주연 배우로 나온 시리즈 영화에서 뛰어난 여전사로 활약하며 관객들로부터 박수갈채를 받아낸 적도 있었다.

"그래도 오디션은 끝까지 보도록 하고. 일단 그녀를 최우선 순위에 넣어둡시다."

"그렇게 하시죠."

그 뒤로도 계속해서 오디션이 이어졌지만 아까 전 그녀의 연기가 너무 인상적이었기 때문에 다른 배우들의 연기가 눈에 들어오지 않을 정도였다.

결국 폴 그린그래스 감독을 비롯한 스태프들은 만장일치로 결정을 내렸다.

그녀를 캐스팅하기로.

한편 폴 그린그래스 감독이 캐스팅에 심혈을 기울이는 사이 한수는 한국 대학교 총장을 만나고 있었다.

한수가 자퇴하겠다는 이야기가 경영대 학부장을 통해 총장의 귀에도 들어갔고 총장이 즉각 한수를 만나길 요구했기 때문이다.

처음 와보는 한국 대학교 총장실.

그곳에서 한국 대학교 총장은 뜻밖의 제의를 해왔다.

한수의 휴학을 조금 더 연장해 줄 의사가 있으니 굳이 자퇴를 서두르지 않아도 되지 않겠냐는 것이었다.

거기에 한수는 군대를 이미 갔다 왔기 때문에 아직 휴학할 여유가 꽤 많이 있었다.

한수는 총장의 제안에 고개를 갸웃거렸다.

나쁘지 않은 제안이었다.

한수에게 부담은 없고 도움만 되는 제안이었다.

그것은 그만큼 한국 대학교가 한수를 어떻게든 붙잡아두고 싶어 한다는 의미였다.

결국 한수는 계속되는 총장의 설득에 조금 더 고민하겠다고 하면서 한발 물러났다.

그들이 학교 교칙을 바꿔서까지 자신이 휴학할 수 있게 해준다면 그것을 거절할 이유는 전혀 없었다.

한수는 총장과의 면담을 마친 뒤 회사로 돌아왔다.

그리고 회사로 돌아왔을 때 한수는 뜻밖의 소식을 전해 들을 수 있었다.

한수가 한국 대학교 총장을 만나느라 잠시 휴대폰을 꺼뒀을 때 폴 그린그래스 감독이 전화를 걸어온 것이다. 그리고 그는 한수의 휴대폰 전원이 꺼져 있자 하는 수없이 한수의 소속사에 대신 연락을 남겨둔 것이었다.

아마 시차 때문에 지금쯤 폴 그린그래스 감독은 단잠에 푹 빠져 있을 터였다.

직접 전화해서 재차 물어보고 싶었지만 그럴 수는 없을 것 같았다.

그래도 정말 그녀가 여배우로 낙점이 된 게 사실이라면 사람들의 반응은 남다를 게 분명했다.

폴 그린그래스 감독의 영화라고 해도 그녀의 개런티는 할리우드 톱스타급이기 때문이다.

"정말 뜻밖이긴 하네요."

"나도. 듣고 정말 놀랐다니까?"

"기사는 곧 뜨겠네요?"

박 대표가 눈매를 좁히며 말했다.

"아직은. 조금 더 조율 중인 거 같았어."

한수가 의아한 얼굴로 물었다.

"무슨 문제라도 있다던 가요?"

"그녀 소속사에서 반발이 좀 있는 모양이야. 일단 개런티가 맞지 않는 데다가 액션 영화에서 동양인 배우를 주연으로 쓰는 경우는 흔치 않잖아? 그렇다 보니 그녀가 오디션을 보러 갔던 것도 영 내키지 않는 모양이야."

"소속사하고 이야기도 안 하고 오디션을 보러 온 거예요?"

"그런 모양이야. 그만큼 그녀는 출연 의사가 확고한 거겠지. 어쨌든 별 볼 일 없는 배우라면 소속사에서 강하게 나가겠지만 그녀는 할리우드에서도 몇 없는 톱스타니까 소속사에서 몇 번 더 설득하는 시늉을 하다가 알아서 굽힐 거야."

"그랬으면 좋겠네요. 그녀가 영화에 출연해 준다면 이래저래 도움이 많이 될 테니까요."

한수가 어깨를 으쓱했다.

그때 뒤늦게 들어온 윤환이 두 사람에게 달려들며 물었다.

"야! 진짜야? 제니퍼가 네 영화에 출연하기로 했다는 거 사실이야?"

"예. 사실이에요. 아직 조율할 게 조금 남아 있는 모양이긴 한데 문제 될 거 같진 않아요."

"……미친. 진짜 제니퍼 로렌스가 분명해? 알고 보니 다른 여자가 그녀로 분장하고 나타난 거 아니야?"

"설마요. 무슨 말도 안 되는 소리를 하세요."

"아니, 제니퍼 로렌스가 뭐가 아쉬워서 네 영화에 출연을 하는데? 그녀는 하루에도 수십 편의 시나리오를 받고 검토할 거라고. 그녀 몸값이 얼마냐? 할리우드에서 가장 인기 있는 여배우 1위가 바로 그녀잖아."

폴 그린그래스 감독의 신작 영화에 출연하기로 한 건 제니퍼 로렌스였다.

영화 「엑스맨: 퍼스트 클래스」에서 미스틱으로 출연하면서 일약 할리우드 톱스타로 떠오른 그녀지만 연기력도 무시할 수 없는 게 그녀는 만 22살의 어린 나이에 「실버라이닝 플레이북」에서의 연기로 호평을 받으며 아카데미 시상식에서 여우주연상을 수상한 경력이 있었다.

그러다가 「헝거 게임」에 출연하면서 세계적인 여배우로 우뚝 서게 된다.

이제 곧 30살이 되는 그녀로서도 차기작에 신중을 기할 필요가 있었는데 폴 그린그래스 감독의 신작 영화에 출연하기로 돌연 결정을 내려 버린 것이었다.

사실 그 정도 여배우가 출연하리라고는 전혀 예상치 못했기 때문에 한수는 물론 폴 그린그래스 감독이나 제작사 및 투자 배급사들도 다들 꽤 놀란 분위기였다.

제니퍼 로렌스, 그녀는 그 이름값만으로 관객 수를 몇 배 더 뻥튀기시켜 줄 수 있는 최고의 여배우 중 한 명이었기 때문이다.

머칠 뒤, 폴 그린그래스 감독의 신작 영화에 제니퍼 로렌스가 출연을 확정지었다는 기사가 뜨기 시작했다.

국내는 물론 할리우드에서도 반응이 심상치 않았다.

맷 데이먼은 폴 그린그래스 감독과 지난 영화에서 함께했던 것을 감안해서 출연할 수 있을 것이라고 생각되었지만 거기에 제니퍼 로렌스까지 가세할 줄은 그 누구도 예상하지 못한 사건이었다.

박 대표는 싱글벙글 웃음을 흘리며 인터넷 기사를 확인했다.

「장제문의 칼럼: 강한수의 할리우드 진출! 폴 그린그래스 감독에 맷 데이먼, 그리고 제니퍼 로렌스까지!」

(전략)

할리우드에서 아시아인 배우의 비중은 매우 적은 편이다.

몇몇 혼혈 배우들이 조연으로 꾸준히 출연하는 걸 제외하면 대부분 비중 있는 배역을 맡기 어려운 게 사실이다.

게다가 아시아인 배우는 백인 배우에 비해 출연료도 15%에서 20% 정도 적게 받게 되는데 이 때문에 재작년 한 미국 드라마에 출연 중이던 한국계 배우 두 명은 다음 시즌 출연을 포기해야 했다.

과연 강한수는 이 유리천장 같은 편견을 뚫고 성공적인 데뷔를 이루어낼 수 있을지 그 결과가 주목된다.

한수의 할리우드 진출에 따른 장 단점을 일목요연하게 다뤄 놓은 칼럼이었다.

누군지 몰라도 지금 상황을 가장 정확하게 뚫어보고 있었다.

박 대표는 내친김에 댓글도 확인했다.

-강한수, 진짜 할리우드 진출이네. 와, 미쳤다.

-제니퍼 로렌스는 ㄹㅇ 소름 돋음. ㅋㅋ 둘이 어떤 연기를 보여주려나?

-영화 내용은 뜬 거 없음?

-아직 전부 다 미공개임. 뜰 때까지 기다려봐야 함.

-나 소문 들은 게 있는데.

-소문? 무슨 소문?

-「본 얼티메이텀」처럼 해외 로케이션 촬영이 꽤 많다더라. 이미 폴 그린그래스 감독 사단이 해외 촬영 협조 구하려고 이곳저곳하고 논의 중이라더라.

-그럼 한국에서도 촬영하려나?

-충분히 가능성 있지 않나?

-ㅅㅂ, 만리장성에서만 안 뛰었으면 좋겠다. 요새 개나 소나 만리장성 내보내는데 진짜 엿 같다.

-ㅋㅋㅋㅋ 그건 ㅇㅈ. 황사머니 개 소름.

확실히 황사머니는 점점 더 할리우드에 그 영향력을 넓혀가고 있었다.

중국이 부유해지면 부유해질수록 중국의 할리우드 영화에 대한 영향력은 점점 더 커져 가고 있었다.

그것 때문에 중국에서 로케이션 촬영을 하는 경우는 부지기수로 많았으며 시나리오와 관련이 없는데도 불구하고 중국의 역사 혹은 문화 등이 들어가야 하는 경우도 많았다.

그렇다 보니 할리우드 내에서도 비판적인 여론이 꽤 있는 편이었지만 어쩔 수 없는 일이었다.

중국의 자본 없이 블록버스터를 만들어내는 건 쉬운 일이 아니었기 때문이다.

-그럼 강한수 나오는 영화에도 중국 자본 끼었으려나?

-해외 로케이션 촬영 예정지만 벌써 일곱 군데라는데 무조건 필요하지 않을까?

-아마 백 퍼센트 중국 자본 유치할 거라고 봄. 다만 강한수한테 중국인이라느니 이러지만 않았으면 좋겠다.

-ㅅㅂ 진짜 그러면 불매 운동함.

┗네가 불매 운동한다고 뭐 달라지냐?

┗┗너 왜 시비냐? 그럼 그냥 내버려 두냐?

┗┗┗의미 없다는 거지. 그리고 강한수가 설마 순순히 그런다고 하겠냐? 그랬다가 매국노 취급받을 게 뻔한데?

갑론을박이 이어지며 이내 인신공격까지 펼쳐졌다.

네 엄마 저 아빠 등등 갖은 모욕이 터져 나오는 가운데 박 대표가 곰곰이 생각에 잠겼다.

충분히 예상해 봄 직한 일이었다.

국내도 할리우드 못지않게 미국 자본의 잠식을 당하고 있는 상황이었으니까.

그렇지만 그가 고민한다고 해서 해결될 일은 아니었다.

지금으로써는 한수가 좋은 연기를 보여줘서 할리우드 첫 작이 대박을 치길 바랄 뿐이었다.

그리고 박 대표는 충분히 그게 이루어질 것이라고 생각하고 있었다.

한수는 복덩이였으니까.

그가 구름나무 엔터테인먼트를 퇴사하고 한수와 1인 기획사를 차린 것도, 윤환을 계속해서 설득한 끝에 포섭해서 데려온 것도 한수를 믿고 있기에 가능한 일이었다.

'일단 영화 촬영은 내년 3월부터라고 했던가? 그럼 두 달 정도 공백이 비는데…….'

폴 그린그래스 감독이 알려온 공식 촬영 일자는 내년 3월이었다.

그때부터 크랭크인이 예정되어 있었다.

촬영 종료 예정일은 내년 6월 말로 3개월에서 100일 정도 촬영 기간이 소요될 것으로 예상되고 있었다.

그렇다고 해서 그동안 한수가 마음 놓고 쉴 수 있는 것도 아니었다.

꾸준히 액션 연기 연습을 해야 할 뿐만 아니라 폴 그린그래스 감독이 필요로 하는 건 전부 다 습득해야 했다.

거기에 한국에서 개봉할 그의 첫 번째 영화 프로모션도 예정되어 있었고 거기에 팬들과의 만남도 한번 가질 예정이었다.

물론 한수는 팬미팅은 크게 기대하지 않는 눈치였다.

그가 맨체스터 시티에서 선수 생활을 한 것 때문에 여성 팬보다는 남성 팬의 비율이 압도적일 정도로 높았기 때문이다.

'문제는 「하루 세끼」인데…….'

한수는 내심 「하루 세끼」 촬영을 원하는 듯한 눈치였다.

그것은 윤환도 마찬가지였다.

하지만 시간이 없는 탓에 촬영을 망설이고 있었다.

「하루 세끼」 촬영을 하기 위해서는 못해도 나흘 정도는 필요했다. 그리고 한 번 촬영하는 게 아니라 세 차례에 나눠서 촬영하는 만큼 넉넉잡고 한 달에서 두 달은 소요되는 게 사실이었다.

'일정을 빡빡하게 맞추면 가능할 거 같기도 하고……'

물론 선택은 한수 본인이 내리겠지만 박 대표 입장에서는 할리우드 영화 촬영을 하기 전 국내 예능 프로그램을 하나 더 찍어두는 것도 나쁘지 않을 것이라고 생각 중이었다.

또한, 그것은 한수의 첫 번째 영화 홍보를 위해서도 도움이 되어줄 터였다.

그때였다.

노크 소리가 들렸다.

"응? 이 시간에 손님이 올 리 없는데……"

박 대표가 의아한 얼굴로 사무실 문을 열었다.

그리고 그는 문 앞에 서 있는 낯익은 얼굴을 보며 눈을 휘둥그레 떴다.

문 앞에 서 있는 건 구름나무 엔터테인먼트의 이형석 대표였다.

박 대표는 당혹스러운 얼굴로 이형석 대표를 쳐다봤다.

이형석 대표가 어색하게 웃으며 말했다.

"박 팀…… 아니, 박 대표님. 손님이 왔는데 차 한 잔 대접

안 해주시는 겁니까?"

"하하, 이형석 대표님께서 오실 줄은 생각지도 못해서요. 누추하지만 일단 안으로 들어오시죠."

박 대표가 이형석 대표를 안으로 들여왔다.

이형석 대표는 사무실을 둘러봤다. 그리고 그는 살짝 눈살을 찌푸렸다.

최근 가장 주가를 급격히 올리고 있는 폴라리스 엔터테인먼트의 사무실치고는 허름하기 이를 데 없었다.

하다못해 경리직원이라도 있어야 하는데 아무도 없어서 박대표가 직접 커피를 타오고 있었다.

이형석 대표는 낡은 소파에 자리를 잡고 앉았다.

그가 박석준 대표를 바라봤다.

강한수가 맨체스터 시티로 떠난 뒤 한동안 의기소침하게 지내던 그는 부쩍 활기를 되찾은 모습이었다.

실제로 얼굴에서 생기가 돌고 있을 뿐만 아니라 자신을 대하는 태도에서도 상급자를 대하는 게 아닌 동등한 대표를 대하듯 행동 중이었다.

새삼 이형석 대표는 그런 박석준 대표를 보며 혀끝이 썼다.

아쉬움이 남았다.

1팀장부터 3팀장까지 팀을 삼원화한 것은 급작스럽게 결정된 일이었다. 그전까지만 해도 구름나무 엔터테인먼트는 2팀

체제로 돌아가고 있었다.

1팀은 배우, 2팀은 가수.

그게 가장 적합했다.

그러다가 이형석 대표는 3팀을 새로 만들기로 결정을 내렸다.

그러면서 3팀장으로 뽑은 게 박석준 실장이었다.

박석준 팀장은 그전까지만 해도 2팀 소속 실장이었다.

즉 2팀장 밑에서 오랜 시간 일한 로드 매니저였다.

그러다가 그의 실력을 눈여겨본 이형석 대표가 그를 3팀장으로 끌어올렸고 더불어 윤환을 맡겼다.

처음에만 해도 회사 분위기는 나쁘지 않다.

자신 밑에 본부장, 그리고 본부장이 세 명의 팀장을 컨트롤하는 체제는 나쁘지 않게 돌아갔다.

마치 무쇠솥의 세 발처럼 균형을 갖추고 있었다.

다만 배우가 소속된 1팀이나 가수가 소속된 2팀과 달리 3팀은 늘 뒤처지고 있었다.

애초에 구름나무 엔터테인먼트가 배우와 가수, 이렇게 이원화 체제로 돌아가던 곳이었다.

그 상황에서 3팀장이 할 수 있는 일은 특별히 없었다.

1팀과 2팀 뒤치다꺼리가 전부였다.

그러다가 한수를 데려오고 한수가 예능 프로그램에서 승승장구하면서 상황이 바뀌었다.

3팀장의 영향력도 눈에 띄게 커졌고 1팀이나 2팀에서 3팀으로 옮기고 싶어 하는 사람도 늘어나기 시작했다.

한수와 함께 작품이든 예능이든 뭐든 하나만 하면 대박을 친다는 소문 비슷한 게 떠돌았기 때문이다.

그러다가 한수가 맨체스터 시티에 입단하면서 상황은 일단락되었지만 만약 그가 맨체스터 시티에서 안 뛰고 계속해서 구름나무 엔터테인먼트에 남았으면 이형석 대표가 구상하던 3팀 체제는 이미 붕괴되었을 게 분명했다. 그래서 그가 돈을 받고 한수의 전속계약을 해지해 준 것이기도 했다.

하지만 한수가 떠난 뒤 3팀장은 재차 무기력해졌고 결국 그는 회사를 떠났다.

그것까지만 해도 크게 개의치 않았는데 1년 만에 트레블을 거머쥐고 돌아온 한수와 의기투합해서 기획사를 차리더니 순풍에 돛을 단 듯 순항을 하고 있었다.

거기에 윤환까지 전속계약 기간이 끝난 뒤 재계약하지 않고 박석준을 따라 나갔고 신입 직원의 이해할 수 없는 실수에 구름나무 엔터테인먼트는 삽시간에 비판의 대상이 되어버리고 말았다.

이형석 대표가 격세지감을 느낄 수밖에 없는 이유가 여기 있었다.

"박 대표님, 어떻습니까? 할리우드하고는 일할 만합니까?"

몇 차례 할리우드에 1팀 배우들을 진출시켜보고자 했지만 그때마다 번번이 실패하고 그들의 갑질에 농락당하기만 했던 이형석 대표다.

그 질문에 박석준 대표가 웃으며 대답했다.

"그럼요. 그쪽에서 매번 저자세로 우리 편의를 봐주는 덕분에 일하기가 한결 쉽습니다. 가급적 저희 의사를 최대한 수용해 주려 하고 있거든요."

"……개런티는 어떻게 됐습니까? 그래도 주연 배우인데 많이 받았겠죠?"

"그럼요. 제니퍼 아, 이번 영화에 제니퍼 로렌스가 캐스팅됐다는 소식은 들으셨겠죠?"

박석준 대표 질문에 이형석 대표가 고개를 끄덕이며 입술을 깨물었다.

제니퍼 로렌스도 출연한다는 이야기를 듣고 그가 얼마나 기겁을 했던가.

자신은 영화 제작비를 일부 보태면서까지 1팀 배우를 할리우드에 데뷔시키고자 했지만 S급 여배우는커녕 B급 여배우도 제대로 섭외하기 어려웠다.

조연 배우 역할로 1팀 배우를 출연시키는 건 문제 될 일이 아니었다.

그러나 그 역할은 한정적이었고 시나리오도 거지 같은 것뿐이었다.

그렇다고 감독이 유명한 것도 아니었다.

실제로 그렇게 몇 번 1팀 배우들을 영화에 출연시켜 봤지만 그때마다 번번이 좋은 성과를 거두지 못했고 그것은 고스란히 배우의 흑역사로 남을 수밖에 없었다.

박석준 대표가 이형석 대표를 보며 물었다.

"그보다 바쁘실 텐데 이곳에는 어쩐 일로 오신 겁니까?"

슬슬 본론을 꺼낼 시간이었다.

이형석 대표가 머뭇거리며 박석준 대표를 바라봤다.

좀처럼 말을 꺼내지 못하던 그가 한숨을 내쉬며 입을 열었다.

"이번에 한수 씨가 출연하는 영화 말입니다."

"예. 폴 그린그래스 감독의 영화 말씀이시군요."

"제목은 아직 안 정해졌습니까?"

"그렇습니다. 뭐 몇 가지 제목이 물망에 오르긴 했지만 아직 논의 중인 거 같더군요."

이형석 대표가 입을 열었다.

"염치없지만 부탁 한번 하겠습니다. 우리 소속사 배우가 그 영화 조연으로라도 출연할 수 있게 도와줄 수 없겠습니까?"

박석준 대표는 기가 차는 얼굴로 이형석 대표를 바라봤다.

다른 누구도 아니고 이형석 대표가 저런 부탁을 할지는 생각지도 못한 일이었다.

그 때문에 한수는 유형적으로나 무형적으로나 엄청난 피해를 받아야 했다.

인신공격을 당한 건 헤아릴 수 없을 만큼 많았고 지금도 여전히 한수를 비방하는 네티즌들이 적지 않았다.

그것을 생각한다면 절대 이런 식의 제안은 해서는 안 되는 것이었다.

하지만 박석진 대표는 끓어오르는 분노를 가라앉혔다.

이제 그는 일개 팀장이 아닌 한 회사의 대표였다. 모든 상황을 냉정하게 대처할 필요가 있었다.

더 이상 주먹구구식으로 행동하는 건 오히려 회사에 마이너스가 될 수 있는 일이었다.

박석진 대표가 이형석 대표를 쳐다보며 물었다.

"무슨 생각으로 그런 부탁을 하시는 겁니까? 저와 한수는 대표님과 구름나무 엔터테인먼트에 쌓인 악감정이 정말 많습니다. 그것을 생각하신다면 섣부르게 그런 제안을 하지는 못할 텐데요."

최대한 감정을 가라앉혔는데도 불구하고 여전히 박석진 대표의 목소리에는 날카로운 가시가 돋아 있었다.

이형석 대표가 그것을 눈치채지 못할 리가 없었다.

그가 한숨을 내쉬며 말했다.

"그 일은 아직도 조사 중에 있습니다. 일개 신입사원이 그런 일을 저지를 수는 없기 때문에 누군가 그를 시킨 건 아닌가 아니면 의도적으로 그렇게 만든 건지 찾아보고 있는 중입니다. 그 점은 다시 한번 사과드립니다. 그보다 안 되겠습니까?"

박석진 대표는 이형석 대표를 바라봤다.

구름나무 엔터테인먼트를 나온 지 이제 몇 달밖에 되지 않았다.

그런데도 이형석 대표의 얼굴이 눈에 띄게 늙어보였다.

얼굴 곳곳에 진 주름이 전보다 더 깊어보였다.

결국 박석진 대표는 한숨을 길게 내쉬며 말했다.

"일단 이 문제는 우선 한수하고 대화를 나눠봐야 할 거 같습니다. 그다음 연락드리도록 하죠."

"그게 최우선이겠죠. 오랜만에 온 김에 한수 씨도 한번 만나보고 싶은데 한수 씨를 만나볼 수 있을까요?"

"죄송합니다, 대표님. 그것은 어려울 거 같군요."

박석진 대표가 고개를 저었다.

이형석 대표가 눈살을 찌푸렸다.

"왜죠? 제가 한수 씨를 만나게 하는 게 그렇게 싫은 겁니까?"

박석진 대표는 그 말에 쓴웃음을 지었다.

아무래도 이형석 대표가 자신의 말을 곡해한 듯했다.

"그럴 리가요. 한수는 지금 한국에 없습니다."

"예? 그럼요?"

"미국에 가 있습니다."

그랬다.

한수는 지금 미국에 있었다.

폴 그린그래스 감독의 요청 때문이었다.

이형석 대표가 폴라리스 엔터테인먼트 사무실을 찾아왔을 무렵 한수는 샌프란시스코 국제공항으로 가기 위해 비행기를 타고 있었다.

이번에도 한수는 소란을 피하기 위해 퍼스트 클래스에 탔고 그 덕분에 그는 무사히 캘리포니아에 도착할 수 있었다.

캘리포니아에 도착한 뒤 한수는 하룻밤 호텔에서 머무른 다음 그다음 날 곧장 할리우드로 향했다.

그가 할리우드에 온 건 폴 그린그래스 감독이 전체적으로 한번 세부적인 미팅을 갖고 싶어 했기 때문이다.

아직 캐스팅이 전부 다 확정된 건 아니었지만 캐스팅이 확정된 배우들 같은 경우 이번 회의에 전부 다 참석하기로 되어 있었다.

그래서일까.

한수가 미국으로 가서 미팅을 갖는다는 말에 가장 부러워하며 함께 따라갈 수 없냐고 한수를 설득했던 건 바로 윤환이 었다.

미팅을 하게 되면 제니퍼 로렌스를 만날 수 있게 될 텐데 윤환은 제니퍼 로렌스의 팬이었다.

그러나 어떻게든 따라가려 하는 윤환을 억지로 떼어놓은 뒤 한수는 오늘 혼자서 이번 미팅에 참석했다.

스튜디오 안은 시끌벅적했다.

부산스러운 가운데 수많은 사람이 돌아다니고 있었다.

한번 캐스팅이 되기 시작하자 막대한 자본금을 바탕으로 영화 촬영 환경이 속속 조성되는 중이었다.

그런데도 불구하고 아직 두 달 정도의 준비 기간이 필요하다고 하는 걸 보면 그 정도로 어마어마한 대작이 탄생할 것이라는 추측을 누구나 해볼 수 있었다.

일단 해외 촬영이 예정되어 있는 곳만 해도 일곱 곳이었다.

뉴욕, 파리, 런던, 마드리드, 로마, 라스베이거스 여기에 서울까지.

모두 일곱 곳의 대도시에서 대규모 촬영이 예정되어 있었다.

그 모든 곳마다 일일이 촬영 허락을 받고 또 세부적인 사항을 조율해야 하는 탓에 촬영 일정이 더뎌지는 것도 없지 않아 있긴 했다.

물론 아직 캐스팅이 완벽하게 끝나지 않은 탓도 컸다.

한수는 스튜디오를 둘러보다가 반가운 얼굴을 만날 수 있었다.

그는 맷 데이먼이었다.

맷 데이먼은 이번에 주연급 비중은 아니지만 조연으로 출연하기로 결정을 내린 상태였다.

「본 트릴로지」와는 별개의 스토리이지만 맷 데이먼이 있고 없고의 차이는 컸다.

어쨌든 그는 이런 액션 영화의 살아 있는 전설이나 마찬가지였다.

"맷!"

"반가워요. 한스. 잘 지냈어요?"

"그럼요. 일찍 왔네요?"

맷 데이먼이 웃으며 대답했다.

"하하, 물론이죠. 누구라도 지각하는 걸 좋아하지는 않을 테니까요. 한스도 일찍 왔네요? 여기까지 오느라 힘들었을 텐데 말이죠."

"비행기를 타고 온 다음 호텔에서 하룻밤 머물렀어요. 회의가 시작하려면 아직 좀 시간이 남아 있긴 하네요."

"그래도 미리 들어가 있을까요? 아마 폴은 회의실에서 우리를 기다리고 있을 거예요. 되게 꼼꼼하고 깐깐하며 완벽주의 성격이거든요. 영화 찍을 때 단단히 고생할 테니까 각오를 미리 해두는 게 좋을 겁니다."

"충고 고마워요, 맷."

한수는 맷 데이먼과 웃으며 회의실로 향했다.

그의 섭외가 확정된 뒤 한수는 폴 그린그래스 감독의 소개에 맷 데이먼과 여러 차례 연락을 주고받을 수 있었다.

그리고 그 덕분에 한수는 맷 데이먼과 꽤 사이가 돈독해질 수 있었다.

맷 데이먼도 지난번 폴 그린그래스 감독이 보내준 영상을 보고 한수에게 호감을 느끼고 있던 게 중요했다.

그 전부터 맷 데이먼은 한수의 노래를 좋아하긴 했지만 말이다.

어쨌든 스튜디오 한편에 자리한 회의실에 도착한 두 사람은 반가운 얼굴을 제일 먼저 볼 수 있었다.

폴 그린그래스 감독이었다.

그런데 그 혼자 회의실에 있는 건 아니었다.

무술 감독 겸 배우인 야안 루히안과 카메라 감독 윌리 버틀러도 자리하고 있었다.

그리고 한쪽에 그녀도 앉아 있었다.

그녀가 환하게 웃으며 자리에서 일어났다.

그러면서 한수에게 다가와서 손을 내밀었다.

당차고 씩씩한 인사였다.

"반가워요. 한스 씨. 제니퍼 로렌스에요. 제니퍼라고 부르면 돼요."

그녀는 제니퍼 로렌스였다.

금발에 초록색으로 빛나는 눈동자.

그녀는 숨 막힐 정도로 아름다움을 뿜어내고 있었다.

수수한 옷차림이었는데도 불구하고 온몸에서 자연스럽게 아우라 같은 게 뿜어져 나오는 듯했다.

한수가 미소를 지으며 말했다.

"반가워요, 제니퍼. 강한수입니다. 한스라고 불러주세요."

"좋아요. 한스. 한번 만나길 고대하고 있었어요."

"정말요?"

맷 데이먼은 순간 꿔다놓은 보릿자루가 되어버렸지만 그는 흥미로운 눈길로 두 사람의 대화를 지켜보기 시작했다.

제니퍼 로렌스가 얼굴 한가득 미소를 지으며 말했다.

"그럼요. 제가 이 영화에 출연하기로 한 것도 한스 때문이었어요."

한수는 그 말에 순간 당황할 수밖에 없었다.

전 세계 여배우들을 상대로 순위를 매긴다면 제니퍼 로렌스는 탑3 안에 들어간다.

그 정도로 그녀는 전 세계적으로 엄청난 인지도를 얻고 있다.

괜히 그녀의 개런티가 엄청난 게 아니다.

그런데 그런 제니퍼 로렌스가 자신 때문에 이번 영화에 출연하기로 했다고 하니 한수 입장에서는 두근거리면서 또 궁금해할 수밖에 없었다.

자신의 무엇을 보고 무슨 이유로 그런 결정을 내린 것인지 말이다.

그때 맷 데이먼이 먼저 입을 열었다.

"제니퍼, 무슨 이유 때문이야? 한스한테 특별한 매력이 있던가?"

"그럼요. 맷. 맷도 한스의 팬 아니었던가요?"

"……하하, 그럼 제니퍼 너도 한스의 팬이었군."

두 사람이 나누는 대화에 한수가 고개를 갸웃거렸다.

그러자 제니퍼 로렌스가 활짝 핀 얼굴로 말했다.

"저는 당신 노래의 팬이에요. 당신이 노엘 갤러거와 함께 부른 노래, 그 노래로 당신을 처음 알게 됐죠. 그리고 마치 처음 음악을 들은 소녀인 양 당신 목소리에 푹 빠져 버렸어요. 그래서 언제 당신이 미국에서 또 콘서트를 하나 궁금해했는데…… 메트라이트 스타디움 이후로는 콘서트를 열지 않더군요."

한수는 그녀의 말에 귀를 기울였다.

그녀가 재차 말을 이었다.

"그러다가 당신이 갑자기 축구 선수가 됐다는 말에는 엄청

놀랄 수밖에 없었죠. 설마하니 당신 노래를 못 듣게 되는 건가 싶기도 했어요. 그래도 일 년 만에 당신이 은퇴했다는 걸 알게 된 이후로는 안도할 수 있었어요."

"……하하, 대단히 자세하게 알고 계시는군요."

"그럼요. 저는 당신의 팬이니까요."

제니퍼 로렌스의 서슴없는 말에 한수는 어색한 웃음을 흘릴 수밖에 없었다.

만약 이 이야기를 듣게 될 줄 알았다면 진즉에 이 대화를 녹음했을 것이다.

그런 다음 이 대화를 윤환에게 들려줬다면 그는 부러움에 복통이 났을 테고 한수는 그 모습을 재미있게 볼 수 있었을 테니까.

"자자, 평범한 한 소녀 팬의 고백은 이쯤 하기로 하고. 다들 모여 앉읍시다."

폴 그린그래스 감독이 상황을 정리했다.

맷 데이먼이 야안 루히안의 맞은편에 자리했고 한수는 자연스럽게 제니퍼 로렌스 맞은편에 앉았다.

묘한 설렘과 분위기 속에 그들은 조연 배우들이 도착하길 기다렸고 하나둘 회의실에 모이기 시작했다.

그렇게 캐스팅이 확정된 대부분의 배우들이 모였을 때 본격적인 미팅이 시작됐다.

미팅이 끝난 뒤 폴 그린그래스 감독은 만족스러운 미소를 지었다.

전체적으로 분위기가 매우 만족스러웠다.

해외 로케이션 협조만 잘 이루어진다면 촬영도 이대로 순항할 수 있을 것 같았다.

한편 미팅이 끝난 직후 한수와 제니퍼 로렌스는 서로 연락처를 주고받았다. 그리고 제니퍼 로렌스는 먼저 스튜디오를 떠났다.

맷 데이먼이 떠나는 제니퍼 로렌스를 보다가 한수에게 물었다.

"어때? 매력 있지?"

"아, 예. 뭐, 제니퍼는 누구나 좋아하는 스타니까요."

"그런 스타가 네 팬인 거잖아. 안 그래?"

"뭐, 그건 그렇지만…… 하하, 생각보다 이게 실감이 안 나네요. 사실 좀 꿈꾸는 것 같아요."

"그럼 뭐 꿈이라고 생각해도 되고. 하하. 그보다 미국에는 며칠이나 머무를 거야?"

"일주일 정도 머무를 예정이에요. 그리고 다시 귀국해야 해요. 촬영 일정 전까지 한국에서 몇 가지 해야 할 일이 있어서요.”

“그래? 일주일이라……. 미팅 일정 빼고 나머지는 관광으로 잡은 건가? 아니면 여자친구?”

한수가 고개를 저었다.

애쉴리는 지금 파리에 있었다.

한동안 그녀는 패션쇼 및 기타 다른 일정으로 바쁠 것이라는 이야기를 들었다.

한수는 혼자 캘리포니아 관광을 해볼 생각이었다.

“뭐야? 궁상맞게 혼자 노는 게 말이 돼? 나하고 같이 가자고.”

“예? 맷이요? 괜찮겠어요? 따님들은요?”

“괜찮아. 어차피 영화 미팅 때문에 당분간 바쁠 거 같다고 말해뒀어. 아, 그보다 지금이 시즌이면 같이 보스턴으로 가서 야구도 봤을 텐데 그건 좀 아쉽네.”

맷 데이먼은 메이저리그 구단 가운데 보스턴 레드삭스의 오랜 팬이다.

그의 입에서 야구 이야기가 안 나오는 게 오히려 더 이상할 정도다.

결국 한수는 맷 데이먼과 닷새 정도 함께 로스앤젤레스 및 라스베이거스를 돌아보기로 결정을 내렸다.

남는 시간 동안 무엇을 해야 하나 고민하던 한수에게는 뜻밖의 동행이 생긴 셈이었다.

맷 데이먼과도 헤어진 뒤 한수는 다시 호텔로 돌아왔다.

그리고 그는 윤환에게 전화를 걸었다.

얼마 지나지 않아 윤환이 전화를 받았다.

-뭐야? 너 안 잤어?

로스앤젤레스는 지금 저녁 11시였다.

한수가 말했다.

"그럼요. 형한테 해줄 이야기가 있는데 벌써 잘 수는 없죠."

-뭐? 나한테 해줄 이야기가 뭐 있는데?

"제니퍼요. 오늘 만났거든요."

-아…… 안 들어. 안 들을래. 또 자랑할 게 뻔하잖아.

윤환이 투덜거렸다.

그 말에 한수가 웃으며 말을 꺼냈다.

"진짜 안 들을 거예요?"

-아씨, 알았어. 무슨 일인데?

"제니퍼가……."

-제니퍼가 왜? 설마 제니퍼 로렌스가 아니라 다른 제니퍼를 만난 거 아니야?

"그럴 리가 있겠어요? 어쨌든 그 제니퍼가 알고 보니 제 팬이래요."

-뭐?

"제가 노엘 갤러거하고 함께 발표했던 앨범 있잖아요."

-아, 미국에서 한스 신드롬을 일으켰다던 그 앨범?

"예. 그 앨범 듣고 제 팬이 되었다고 하더라고요. 하하. 그냥 형을 데려올 걸 그랬나 봐요. 그랬으면 바로 이 이야기를 라이브로 들으실 수 있었을 텐데……."

-휴, 썩을 놈. 나 간다. 끊어!

한수가 멋쩍게 웃으며 말했다.

"걱정 마요. 나중에 사인 한 장 챙겨갈게요."

-……약속하는 거다?

"그럼요."

-아, 그리고 너 석준 형하고 통화했냐? 형이 너한테 할 말이 있는 모양이던데.

"예? 아직인데…… 어, 전화 들어오네요. 나중에 또 연락할게요."

한수는 윤환과의 전화를 끊었다.

호랑이도 제 말 하면 온다더니 박석준 대표한테서 온 전화였다.

그는 재차 전화를 받았다.

"예, 대표님. 무슨 일이세요?"

-한수야, 지금 통화 돼?

"그럼요. 말씀하세요."

-휴, 어제 낮에 이형석 대표가 찾아왔는데…….

그러면서 박 대표는 자초지종을 털어놓았다.

가만히 이야기를 듣던 한수는 단칼에 그 말을 자르며 말했다.

"사양한다고 전해주세요."

-그게 맞지?

"예. 저는 구름나무 엔터테인먼트한테 도움이 될 일은 절대 할 생각이 없어요. 설령 거기서 무슨 혜택을 제게 준다고 해도 다 거절할 거예요."

한수의 태도는 생각 이상으로 완강했다.

박 대표가 대답했다.

-그래, 알았다. 그리고 너 일주일 뒤 돌아오는 거 맞지?

"예. 그러려고요. 왜요?"

-너 영화 홍보 때문에 그래. 할리우드에 진출하게 됐다고 이번 영화를 홀대하면 안 되지 않겠냐?

"설마요. 제 첫 작인걸요? 홍보 일정은 열심히 소화할 거예요. 그래서 예능 프로그램도 하나 나갈 생각은 하고 있어요. 너무 길게 촬영하는 것만 아니라면 뭐든 괜찮아요."

-그래, 그건 꼼꼼히 확인하고 있으니까 귀국하고 최종결정 하자.

"예, 그럼 수고하세요."

한수는 전화를 끊었다.

생각할수록 구름나무 엔터테인먼트가 괘씸했다.

자신한테 그런 짓을 해놓고서 염치없게 청탁을 하려 들다니.

만약 그들이 정정당당하게 오디션을 봐서 자리를 얻으려 했다면 한수는 그것을 막지 않았을 것이다.

그것은 그들 소속사에 소속되어 있는 배우의 역량 문제일 뿐 자신이 개입할 문제가 아니기 때문이다.

하지만 자신에게 청탁을 이렇게 넣는 건 애초에 용납할 수 없는 문제였다.

한수는 그래도 개중 가장 좋게 생각하고 있던 이형석 대표에 대한 호의가 순식간에 사라지는 것을 느꼈다.

아무래도 자신이 그를 잘못 생각하고 있었던 모양이었다.

그 날 이후 사흘 동안 미팅은 계속 이어졌다.

촬영 컨셉과 앞으로의 촬영 일정 그밖에 세부적인 이야기가 심도 있게 오고 갔다.

우선 미국에서 스튜디오 촬영을 먼저 한 다음 해외 로케이션 촬영은 그때그때 맞춰서 진행될 예정이었다.

촬영 일정은 최대 100일 정도에 맞춰 끝내는 것으로 목표를 삼았다.

그동안 주연 및 조연 배우들은 식단 관리를 철저히 할 뿐 아니라 구설수에 오르는 일이 없도록 해야 한다는 것도 주지 받았다.

그렇게 미팅이 끝난 뒤 한수는 맷과 함께 로스앤젤레스 일대를 돌기 시작했다.

이렇게 마음 놓고 여행을 해보는 건 정말 오랜만의 일이었다.

그동안 미국이나 다른 외국을 들락날락하긴 했지만 대부분 그것은 촬영이 포함된 일이었다.

모든 걸 던지고 카메라 없이 여행하는 건 오랜만의 일이었기 때문에 한수 입장에서는 더할 나위 없이 즐거웠다.

더군다나 맷 데이먼은 배우로서나 인생 선배로서나 존경할 수밖에 없는 사람이었다.

그렇게 이틀에 걸쳐 로스앤젤레스 일대를 돌던 두 사람은 자동차를 타고 라스베이거스로 향하기 시작했다.

관광과 도박의 도시이자 미국에서 가장 화려한 불야성의 도시.

무릇 관광을 왔다면 한 번쯤은 이곳에 들려줘야만 했다.

그것이 진리였다.

그렇게 두 사람은 오랜 시간 번갈아가며 운전한 자동차에서 내려 발렛파킹을 맡긴 뒤 호텔에 투숙했다.

맷 데이먼이 한수를 보며 물었다.

"도박은 할 줄 알아?"

"글쎄요. 해본 적은 없지만…… 또 한다면 제가 할 수 있죠."

"그래? 일단 가볍게 즐기러 가볼까?"

한수는 흔쾌히 고개를 끄덕였다.

단 채널 마스터의 능력은 아직 사용하지 않았다.

그동안 한수는 자신이 채널 마스터의 능력을 지나치게 써왔음을 알고 있었다.

그것 때문에 종종 부작용이 일어나기도 했다.

지나치게 뇌를 사용하면서 생기는 부작용이었다.

그렇다 보니 이번에는 채널 마스터의 능력을 쓰지 않고 혼자만의 힘으로 어디까지 가능할지 한번 테스트해보기로 마음먹었다.

그렇게 두 사람은 카지노에 함께 들어섰다.

카지노 안은 세계 곳곳에서 온 다양한 손님들로 들끓고 있었다.

두 사람이 들어오자 사람들이 힐끔거리기 시작했다.

한수는 그렇다 쳐도 맷 데이먼은 할리우드 톱스타 중 한 명이었다.

당연히 사람들의 시선을 잡아끌 수밖에 없었다.

그리고 맷 데이먼이 고른 건 블랙잭이었다.

숫자 21을 맞춰야 하는, 카지노의 단골 게임.

한수도 맷 데이먼 옆자리에 앉은 다음 현금을 칩으로 교환

했다.

그와 함께 게임이 시작됐다.

약 한 시간에 걸친 게임 끝에 한수는 테이블 위를 올려다봤다.

맷 데이먼 앞에는 꽤 많은 칩이 쌓여 있었다. 그래도 그는 적당히 이기고 지길 반복하면서 꽤 많은 칩을 벌어들인 상태였다.

반면에 아까 전 맷 데이먼보다 훨씬 더 수북했던 한수의 테이블은 훤하니 텅 비어 있었다.

맷 데이먼이 웃으며 말했다.

"뭐든지 다 잘하는 줄 알았는데 도박에는 영 재능이 없는 모양이야."

"……"

한수는 그 말에 입술을 깨물었다. 그러나 이대로 순순히 물러날 한수가 아니었다.

그가 맷 데이먼을 보며 말했다.

"맷, 저 두 시간만 방에서 좀 쉬다가 돌아올게요."

"알았네. 이따가 보자고."

그리고 두 시간이 지났다.

맷 데이먼이 왔다는 소식에 몰려든 수많은 사람을 헤치며 테이블로 한수가 다가섰다.

사람들이 수군거리는 소리가 하나둘 커지기 시작했다.

"와, 한스 맞지?"

"한스다."

"맷하고 같이 온 건가?"

맷 데이먼도 그 소요를 눈치챘다.

맷이 한수를 향해 손을 들어 보였다.

"한스! 이리 와!"

한수가 맷에게 다가갔다. 맷이 한수를 보며 물었다.

"어때? 머리는 좀 식히고 왔어?"

"네. 아무리 생각해도 도박은 저하고 잘 맞질 않나 봐요."

"도박은 어디까지나 운으로 작용하는 게임이니까. 뭐, 영화에서 보면 확률을 계산해서 돈을 딴다고 하는데 그게 가능할까 싶기도 하고."

그때 카드 패를 정리하던 딜러가 웃으며 말했다.

"하하, 과거에나 가능한 일이었죠. 그때는 핸드셔플이었으니까요. 그러나 지금은 기계가 돌리기 때문에 무한 랜덤 셔플입니다."

그러면서 그는 한데 모은 카드 패를 기계에 넣었다.

"보이시죠? 여기서 랜덤으로 돌아가기 때문에 저도 어떤 카드가 나올지는 알 수 없습니다. 영화 「21」을 보셨나 본데 그거 다 지난 일입니다. 하하."

맷 데이먼이 슬쩍 한수를 쳐다봤다.

"어때? 계속할 텐가?"

"그럼요."

한수는 블랙잭 테이블에 자리를 잡고 앉았다.

실제로 쉬는 2시간 동안 한수는 호텔 룸에 들어가서 채널 마스터의 능력을 사용했다.

그러나 국내 채널 가운데 도박을 다루는 채널은 없었다.

그래서 한수는 「유튜브」로 채널을 돌렸다.

유튜브에서는 블랙잭과 관련된 갖은 정보가 있었다.

그렇지만 두 시간 동안 습득하기엔 그 정보가 너무나도 많았다.

그런 탓에 영화 「21」을 확보할까도 생각했다.

그러나 한수는 뒤늦게 깨달았다.

당시에는 가능한 일일지도 모르겠지만, 현재로써는 카드 카운팅이 불가능하다는 것을 말이다.

결국 한수는 성과 없이 돌아올 수밖에 없었다.

그 대신 한수는 맷 데이먼과 함께 온 것을 기념하며 순수하게 게임을 즐기기로 마음먹었다.

딜러가 재차 카드를 나눠주기 시작했다.

맷 데이먼은 카드를 확인하고서는 눈을 빛냈다.

"예스! 오늘 운이 좋은데?"

그가 받은 카드는 A였다.

여기서 이제 10만 붙는다면 맷 데이먼은 블랙잭을 완성시킬 수 있는 것이었다.

반면에 한수에게 주어진 카드는 5였다.

대단히 애매한 카드.

그래도 혹시 하는 생각에 한수는 재차 카드를 받았다.

먼저 맷 데이먼에게 카드가 붙었다.

J카드.

그리고 맷 데이먼은 블랙잭을 완성시켰다.

"위너, 위너, 치킨 디너!"

맷 데이먼이 호탕하게 웃음을 터뜨렸다.

딜러도 휘파람을 불며 맷 데이먼에게 엄지손가락을 번쩍 치켜들었다.

아무래도 오늘 맷 데이먼한테는 도박의 신이 강림한 모양이었다.

그리고 딜러가 이제 한수한테 카드를 건넸다.

한수는 두근두근 떨리는 마음을 억지로 억누르며 천천히 카드 패를 확인해 보기 시작했다.

스페이드 무늬가 모습을 보이기 시작했다. A, J, Q, K 같은 문자로 된 카드는 아니었다.

일단 숫자였다.

사람들도 흥미롭게 지켜보는 가운데 한수는 카드를 까서 테이블 위에 올렸다.

"오오!"

사람들이 가볍게 탄성을 토해냈다.

한수가 꺼낸 숫자는 6이었다. 두 숫자를 합치면 11이 된다.

여기에 10이나 J, Q, K만 붙어도 블랙잭을 완성시킬 수 있다.

한수는 마지막 희망의 끈을 놓지 않았다. 그리고 그는 테이블 위를 손가락으로 톡톡 두드렸다.

카드를 더 받겠다는 신호였다.

딜러가 웃으며 카드를 한 장 더 내밀었다.

두근두근-

심장이 거세게 울렁거렸다. 한수는 침을 꿀꺽 삼켰다.

이미 두 사람이 앉아 있는 테이블 주변에는 못 해도 수십 명이 넘는 사람들이 바글바글 몰려 있었다.

그 뒤에도 무슨 일이 있나 하는 생각에 호기심을 갖고 몰려든 사람들도 적지 않았다.

카메라로 두 사람을 찍으려다가 카지노 보안팀 직원한테 붙잡혀서 끌려나가는 경우도 종종 있었다.

그러는 동안 한수가 천천히 카드를 확인했다.

'빌어먹을.'

한수는 입술을 깨물었다.

숫자가 보이지 않았다. 그렇다고 J, Q, K도 아니었다.

하필이면 에이스 카드가 들어와 버렸다.

스페이드 에이스. 에이스 카드는 1 아니면 11로 계산이 된다.

그러나 11로 계산해 버리면 22가 되면서 버스트, 즉 패배하게 된다.

결국 11이 아닌 1로 계산해야 한다는 의미다. 그렇게 되면 숫자는 12.

카드는 계속해서 받을 수 있다. 단 21을 넘기지만 않으면 된다. 하지만 확률적으로 볼 때 위험했다.

득보다는 실이 될 가능성이 농후했다.

맷 데이먼이 한수를 보며 말했다.

"그냥 죽는 게 낫지 않을까?"

하지만 한수도 나름 고집이 있었다. 그리고 그는 자신의 운을 믿어보기로 했다.

한수는 한 번 더 테이블을 두드렸다. 딜러가 재차 카드를 기계에서 꺼내 건넸다.

그리고 한수는 주저 없이 카드를 뒤집은 다음 테이블 위에 올렸다.

스페이드 K.

한수는 그대로 한숨을 길게 내쉬었다.

22가 되면서 버스트되어 버렸다. 한수는 자신의 운이 없음을 탓하며 테이블에서 일어났다.

맷 데이먼이 딜러한테 칩을 건네받으며 한수에게 물었다.

"그만할 텐가?"

"맷은 좀 더 하세요. 저는 슬롯이나 돌리렵니다."

"알았어. 오늘 운이 잘 붙는 거 같아서 나는 좀 더 하려고."

맷 데이먼이 얄미운 목소리로 말했다. 한수는 툴툴거리며 발걸음을 떼었다. 그리고 한수는 슬롯머신 쪽으로 다가가기 시작했다.

그가 고른 슬롯머신은 「메가벅스(MEGABUCKS)」라는 것으로 라스베이거스에서 가장 인기 많은 모델 가운데 하나였다.

그렇게 한수가 슬롯머신 앞에 앉고 달러를 넣은 뒤 풀 배팅으로 게임을 돌렸을 때였다.

화면이 돌아가더니 묘한 움직임이 감지되기 시작했다.

그리고 똑같은 그림이 세 개 화면에 차례차례 떴다.

풀배팅을 한 한수가 눈을 휘둥그레 떴다.

화면에 뜬 세 가지 마크는 「MEGABUCKS」였다.

그리고 기계에서 '빰빠빠빰~'하며 경쾌한 소리가 터져 나왔다.

"오, 미친! 말이 돼?"

"젠장! 방금 전까지만 해도 내가 저 자리에 앉아 있었다고!"

"말도 안 돼. 저게 얼마짜리 잭팟이지?"

"천만 달러 아니야?"

다들 믿을 수 없다는 얼굴로 한수를 빤히 쳐다봤다.

한창 블랙잭에 푹 빠져 있던 맷 데이먼이 시끌벅적한 소리에 뒤를 돌아봤다. 그리고 그는 한수를 둘러싸고 있는 수많은 사람을 보며 다급히 자리에서 일어났다.

혹시 하는 생각에서였다.

칩을 챙길 생각도 못 하고 허겁지겁 일어났을 때 저 멀리 보안요원들과 함께 카지노 직원으로 보이는 남자가 다가오는 모습이 보였다.

'뭐야? 무슨 일이야?'

인파를 헤치고 맷 데이먼이 한수에게 가까이 다가갔을 때였다.

그는 멋쩍은 얼굴로 어색하게 서 있는 한수를 볼 수 있었다.

그가 방금 전 돌리던 슬롯머신은 멈춰져 있었다.

그리고 슬롯머신 위에는 「$10,311,917.2」라고 적혀 있었다.

"한스! 무슨 일……."

"하하, 맷. 이거 어쩌죠? 잭팟이 되어버렸어요."

"뭐, 뭐라고?"

맷 데이먼이 슬롯머신을 쳐다봤다. 「MEGABUCKS」 마크 세 개가 선명하게 빛나고 있었다.

"잠깐만. 이거……."

그때 카지노 직원이 한수에게 다가왔다.

"십 년 만에 메가벅스 잭팟 당첨자가 나오셨군요. 축하드립니다! 그런데…… 어? 한스 씨 아닙니까?"

"맞습니다."

"옆에 계신 분은 맷 데이먼 씨군요. 이럴 수가."

그들 모두 놀란 얼굴로 한수와 맷 데이먼을 번갈아 바라봤다.

십 년 만에 메가벅스 잭팟 당첨자가 나왔다는 말에 다급히 내려왔는데 설마하니 당첨자가 강한수와 맷 데이먼일 줄은 생각조차 못 한 일이었다.

그것도 잠시 그는 애써 침착하려 애쓰며 말했다.

"일단 저희를 따라오시죠. 상금도 드리고 또 사진 촬영도 해야 해서……."

맷 데이먼은 다시 테이블로 돌아와서 칩을 챙겼다.

기껏 해봤자 몇천 달러밖에 안 되는 칩이었다.

반면에 방금 전 한수가 터뜨린 잭팟은 천만 달러.

그는 방금 전까지만 해도 의기양양해하고 있다가 순간적으로 이 칩들이 아무것도 아니라는 걸 깨달았다.

그로서는 믿어지지 않는 일이었다.

정말 소문대로 그한테는 무언가 남들 눈에 보이지 않는 행운의 여신이 뒤쫓아 다니는 것만 같았다.

그 날 한수와 맷 데이먼은 카지노 관계자를 쫓아서 이동했다. 그리고 한수는 카지노 관계자가 건네는 종이 팻말을 받아 들었다.

카지노 잭팟 당첨자들이라면 으레 드는 종이 팻말이었다.

왼쪽 상단에는 「MEGABUCKS」가, 그 아래에는 「Hansu Kang」이라는 이름과 더불어 $10,311,917.2라는 액수가 표기되어 있었다.

맷 데이먼은 상금을 수령 받는 한수를 보며 혀를 내둘렀다.

자신도 2천 달러 정도 되는 돈을 땄으니 오늘은 운이 좋았다고 할 수 있지만 한수의 운은 자신보다 훨씬 좋았다.

딱 한 번 돌린 슬롯머신에서 잭팟이 터질 줄 누가 알았겠는가.

실화라고 이야기해도 아무도 믿지 않을 게 분명했다.

결국 한수는 잭팟에 당첨된 뒤 당첨금은 예전에 미국에 왔을 때 미리 만들어둔 통장에 수령받기로 했다.

세금을 떼더라도 몇십억은 되는 돈을 일시에 수령 받게 된 것이었다.

그렇게 사진 촬영도 하고 맷 데이먼도 겸사겸사 함께 촬영한 뒤 두 사람은 다시 호텔 방으로 돌아왔다.

몇 게임 더 할까 하는 생각도 들었지만 그것은 카지노 직원이 만류했다.

두 사람을 보려고 몰려든 관광객이 어마어마하게 많다는 것 때문이었다.

그렇게 호텔 방으로 돌아온 뒤 맷 데이먼이 한수를 보며 물었다.

"한스, 뭐 좀 물어봐도 될까?"

"예, 물어보세요."

"너 말이야. 정체가 뭐야?"

"예?"

"아니, 어떻게 딱 한 번 돌린 룰렛인데 잭팟이 당첨되냐고. 살다 살다 내가 그런 이야기는 처음 들어봐서 그래. 하, 진짜 네가 생각해도 말이 안 되는 일 아니야?"

한수가 얼떨떨한 얼굴로 고개를 끄덕였다.

사실 한수도 이해가 안 가는 게 사실이었다.

그로서는 그냥 호기심에 한번 슬롯머신을 돌렸던 것뿐이었다.

그런데 그게 잭팟이 될 줄은 상상조차 해본 적이 없었다.

투덜거리던 맷 데이먼이 한수를 보며 말했다.

"세금 떼더라도 몇십억은 나올 거잖아. 맞지?"

"아마 그렇겠죠?"

"설마 입 싹 닫고 없던 일로 하려는 건 아니겠지?"

"그러면요?"

"룸서비스 좀 시켜줘. 나 많이 출출해."

"……알았어요."

한수는 그런 맷 데이먼을 보며 웃다가 룸서비스를 주문했다.

두 사람 모두 배부르게 먹을 수 있을 만큼 충분히 룸서비스를 시켰을 때 맷 데이먼이 말했다.

"폴한테 이 일을 알려도 되지?"

"그럼요."

"아직 SNS에는 올라온 게 없네. 이쯤 됐으면 올라올 만한데 말이야."

SNS을 훑어보던 맷 데이먼이 혼잣말로 중얼거렸다.

그때 한수의 휴대폰이 울렸다.

발신자를 확인해 보니 애쉴리였다.

한수가 전화를 받았다.

"어, 애쉴리."

맷 데이먼이 귀를 쫑긋 세웠다.

이십 대 초반에 육감적인 몸매 그리고 화려한 미모를 자랑하는 톱모델 애쉴리는 미국 언론에도 강한수의 연인으로 여러 차례 소개된 바 있었다.

애쉴리 목소리가 휴대폰을 통해 들렸다.

-한스! 나야.

"어. 어디야?"

-아직 파리에 있어. 그보다 자기 라스베이거스에서 잭팟에 당첨됐다며? 소식 듣고 전화했어!

한수가 그 말에 고개를 갸웃거렸다.

그가 잭팟에 당첨된 건 불과 몇십 분 전 일이었다.

게다가 아직 SNS는커녕 어디에도 알려지지 않은 일이기도 했다.

한수가 되물었다.

"어? 그건 어디서 들었어?"

애쉴리는 잠시 동안 말이 없었다.

한수가 대답을 독촉했다.

"애쉴리? 내 말 안 들려?"

그리고 얼마 지나지 않아 애쉴리가 대답했다.

-미안해. 갑자기 목소리가 안 들려서…… 뭐라고 했어?

한수는 살짝 의구심을 느끼며 재차 물었다.

"어떻게 알게 됐냐고 물어봤어."

-그게…… 친구가 라스베이거스에 있거든. 그런데 친구 말이 한스를 봤다고 하더라고. 그러더니 갑자기 한스가 잭팟에 당첨됐다는 거야.

"흠, 그래?"

그녀의 대답은 어떻게 보면 문제없었다. 하지만 무언가 수상

찍었다.

보통 첫 질문을 저렇게 할 리는 없었다.

적어도 어디에 있는지 그것부터 물어보는 게 맞는 일이었다.

한수가 맷 데이먼하고 함께 움직인다는 건 말했지만 라스베이거스에 간다는 말은 하지 않았다.

그때까지만 해도 두 사람은 샌프란시스코 일대를 둘러보기로 했었으니까.

라스베이거스에 가기로 한 건 즉흥적인 결정이었다.

한수가 물었다.

"친구가 나를 봤다고?"

-응. 맷 데이먼하고 함께 있었다고 하던데?

"그래? 너는 파리에서 뭐 하고 있어?"

-뭐하긴. 패션쇼 때문에 정신없이 바빠. 그래도 곧 끝나면 미국으로 돌아갈 거야. 그때 한스도 미국에 있을 거지?

한수가 물었다.

"언제 귀국하는데?"

-빠르면 다음 주? 그때 뉴욕으로 돌아가려고. 볼 수 있지?

그러나 한수는 이번 주에 귀국할 예정이었다.

박 대표가 예능 프로그램 촬영을 몇 개 잡아뒀기 때문이다.

이번에 한국에서 개봉하는 영화 흥행을 위해서도 이번 예능 프로그램 촬영은 반드시 해야 하는 것이었다.

"미안한데 나 그때 한국으로 돌아가야 돼."

─······바쁜 일이 있나 보네.

"응. 첫 영화가 곧 개봉하잖아. 그거 프로모션 때문에 어쩔 수 없어. 3월부터는 신작 영화 촬영해야 하니까 그 이후에 볼 수 있으면 보자."

-알았어. 그럼 조심히 귀국해.

전화를 끊은 뒤 한수는 여전히 남아 있는 찝찝함에 눈매를 좁혔다.

가만히 그 모습을 보고 있던 맷 데이먼이 한수를 보며 물었다.

"무슨 일 있어?"

"뭔가 좀 이상해서요."

"뭐가?"

"애쉴리가 대뜸 제가 잭팟에 당첨된 거 축하한다고 말하더라고요."

"왜? 그럴 수 있지."

"맷. SNS에 그와 관련된 이야기는 아직 하나도 안 올라왔다면서요. 근데 그녀가 어떻게 곧장 소식을 알았냐 이거죠. 그녀는 파리에 있잖아요."

"음······ 그래서?"

"그리고 저는 애쉴리한테 맷한테 라스베이거스에 온다는 말도 한 적이 없단 말이죠. 그런데 제가 라스베이거스에 온 것도 알고 있더라고요. 뭐, 친구가 라스베이거스에 있다는데 그게 좀 석연찮게 들려서요."

맷 데이먼이 그 말에 신중한 표정이 되었다.

확실히 들으면 들을수록 무언가 이상하긴 했다.

그것도 잠시 맷 데이먼이 한수를 보며 말했다.

"너무 예민하게 받아들이는 거 아니야? 진짜 친구가 여기 있을 수도 있는 일이잖아."

"그건 그렇긴 한데……. 뭐, 제가 너무 과민 반응한 걸까요?"

"그래. 털어버려. 한 번 믿음이 깨지면 그걸 다시 되돌리는 건 불가능한 일이니까."

한수는 자신보다 무려 스물다섯 살이나 더 많은 맷 데이먼 말에 미소를 지으며 대답했다.

"예, 고마워요, 맷."

"아, 그리고 아직 귀국까지는 조금 시간이 남은 거지?"

"예, 내일 로스앤젤레스로 돌아간 다음 그다음 날 귀국할 예정이에요."

"좋아. 그러면 내일 로스앤젤레스로 돌아가는 겸 내 친구를 만나보는 건 어때? 아마 그 녀석도 너를 무척 반길 거야."

"맷의 친구요?"

"그래."

한수는 맷 데이먼의 스스럼없는 말에 구김살 없는 얼굴로 웃으며 고개를 끄덕였다.

"저야 환영이죠."

다음 날 한수가 슬롯머신을 돌리다가 천만 달러 정도 되는 잭팟에 당첨됐다는 게 뉴스 혹은 SNS를 통해 알려졌다.

처음에만 해도 반신반의하던 사람들은 한수가 잭팟을 터뜨린 카지노에서 올린 사진을 보고 그제야 믿을 수 있었다.

한수는 렌트카를 타고 다시 로스앤젤레스로 돌아오기 시작했다.

맷 데이먼이 말한 친구는 로스앤젤레스의 베벌리힐스에 거주 중이었다. 그곳은 이번 영화에 출연하기로 한 여배우 제니퍼 로렌스가 사는 곳이기도 했다.

한편 라스베이거스에서 로스앤젤레스까지는 자동차로 4시간 가까이 걸리는 거리였다.

두 시간 넘게 운전을 했는데도 불구하고 아직도 두 시간이 남아 있었다.

그래도 한수는 맷 데이먼과 함께 한 시간마다 운전대를 번갈아 잡고 있는 중이었다.

한수가 맷 데이먼을 보며 물었다.

"맷, 그 친구에 대해 힌트 좀 줘 봐요."

"누구? 아, 지금 만나러 가는 친구?"

"예. 힌트도 없이 누군지도 모른 채 가는 건 좀 그렇잖아요. 그가 누군지 어느 정도 정보는 알고 있어야 하니까요."

맷 데이먼이 고개를 끄덕였다.

"좋아. 무료한데 잘됐네. 그러니까 스무고개를 하자는 거지?"

"예. 맞아요."

"좋아. 그럼 질문해 봐."

"음, 일단 언제부터 알기 시작한 거죠?"

"처음 알게 된 건 내가 열 살 때였지. 그 녀석은 여덟 살이었고. 나보다 두 살 어리거든."

맷 데이먼보다 두 살 어리다는 말은 그가 72년생이라는 의미였다.

한수가 재차 질문하기 시작했다.

"그는 배우인가요?"

"맞아. 배우 겸 감독이지."

"맷만큼 유명해요?"

"당연하지. 그 녀석도 할리우드 톱스타 중 한 명이야."

"그밖에 또 특별하게 힌트 줄 만한 게 있다면요?"

"음, 그 녀석은 SJW야."

"예?"

맷 데이먼이 웃으며 말했다.

"SJW, 소셜 저스티스 워리어를 줄여서 부르는 말이지."

"그래요?"

"어. 실제로 토크쇼에 나와서 빌 마허하고 설전을 벌이기도 했어."

그는 미국 HBO 방송의 토크쇼 「빌 마허의 리얼타임」에 나와서 무슬림과 관련해서 뜨거운 설전을 벌인 바 있었다.

당시 그는 무슬림 대다수는 평범한 시민이라고 주장하며 무슬림 전체를 매도하는 분위기를 격렬하게 비난하기도 했다.

"그런 적이 있었군요."

한수가 누굴까 하는 생각에 곰곰이 아는 지식을 곱씹었다.

그러나 마땅찮게 떠오르는 이름이 없었다.

"제가 할리우드 배우를 많이 아는 건 아니라서…… 누군지 잘 모르겠네요."

"좋아. 조금 더 힌트를 줄까?"

"예."

"포커를 되게 잘해. 세계 선수권 대회에 나가서 우승한 적도 있지."

"……배우에 감독에 포커 플레이어라고요?"

한수는 고개를 갸웃거렸다.

도저히 어울리지 않는 조합이었다.

여전히 한수가 감을 잡지 못하자 맷 데이먼이 혀를 내두르며 말했다.

"좋아. 슈퍼맨하고 배트맨을 둘 다 연기해 본 경험이 있어. 이 정도면 알겠지?"

"서, 설마……."

깜짝 놀란 한수는 자신도 모르게 브레이크를 밟을 뻔했다.

혹시 했는데 설마 그 배우일 줄은 생각지도 못했다.

맷 데이먼이 웃으며 말했다.

"자, 그 녀석을 보러 가보자고!"

한편 그 시각 한국에서는 한수가 이번에는 카지노 잭팟에 당첨됐다는 소식에 박 대표와 윤환 두 사람은 어처구니없는 표정으로 혀를 내두르고 있었다.

그동안 이런 일을 비일비재하게 겪으면서 슬슬 적응이 되나 했는데 그게 또 아니었던 모양이다.

"그러니까 잭팟에 당첨돼서 얼마를 번 거야?"

"뭐, 이야기 들어보니까 세금 떼고 못 해도 칠십 억 정도는 가져가는 모양이던데?"

"미쳤네. 근데 그럼 우리나라 들어올 때도 세금 내야 하지 않나?"

"그렇겠지? 그런데 이게 참 골 때리는 게 있어. 그 녀석은 미국에 만든 통장에 입금을 해뒀다고 들었거든. 그러니까 현찰로 그 돈을 가져오지 않는 이상에는 공항에서 세금을 거두진 못할걸?"

"그래도 해외소득이 발생한 거고 그게 이미 알려졌으니까 우리나라 정부에 세금을 내야 할 거야. 뭐, 그래도 몇십 억은 버는 셈이지만."

"어쨌든 운 하나는 기가 막히게 타고난 거네요."

윤환은 한수를 생각하며 고개를 절레절레 저었다.

정말 세상이 그를 위해 존재한다는 생각이 들 정도로 운빨 하나는 기가 막히는 녀석이었다.

물론 운 하나로 한수가 성공할 수 있던 건 아니었다.

그만큼 그는 할 줄 아는 게 정말 많았다.

만약 개중 하나라도 못 했으면 한수가 이만큼 성공할 수 있었을까?

아마 불가능했을 것이다.

윤환은 늘 자신이 만능 엔터테이너라고 이야기하고 다녔지만 요즘 드는 생각은 한수가 진짜 만능 엔터테이너 같다는 것이었다.

그나마 연기라도 못 하는 줄 알았는데 신작 영화에서 연기를 훌륭하게 소화한 데다가 이번에 할리우드 영화에서 러브콜을 받은 걸 생각해 보면 한수에게는 약점이란 게 없는 것 같았다.

"진짜 대단하네. 내가 그 녀석을 처음 본 게 2년 전인데 벌써 이렇게나 올라올 줄이야. 누가 그 녀석이 할리우드 영화에 출연할 줄 알았겠어. 안 그래?"

"하긴. 그건 그렇지. 그보다 그 녀석은 어디래? 슬슬 귀국할 때 되지 않았어?"

"뭐, 들리는 이야기로는 맷 데이먼의 친구 집에 놀러 간다고 하더라고. 그래서 베벌리힐스로 가는 중이라고 하던데?"

"흠, 아마 맷 데이먼과 같은 할리우드 스타겠지?"

"그러지 않을까? 하, 부럽네. 너도 그냥 쫓아가지 그랬냐?"

"됐어. 으으."

그렇게 두 사람이 배 아파 하는 동안 한수와 맷 데이먼은 장시간에 걸친 운전 끝에 베벌리힐스에 들어서고 있었다.

베벌리힐스는 로스앤젤레스에 둘러싸여 있지만, 로스앤젤레스 시와는 완전히 별개의 행정구역을 형성하고 있는 지역이었다.

베벌리힐스는 대부호의 저택들이 워낙 많을 뿐만 아니라 인근에 할리우드가 위치해 있는 탓에 유명 할리우드 스타들이 곳곳에 살고 있었다.

두 사람은 렌트카를 타고 맷 데이먼의 친구라고 하는 그 할리우드 스타 집을 찾아가는 중이었다.

그때 맷 데이먼이 저택 하나를 가리키며 말했다.

"저곳에 제니퍼가 살고 있을 거야."

"진짜요?"

"그럼. 그 녀석하고는 이웃사촌이라고 했거든."

"……쩝. 저도 집 한 채 사야겠는데요?"

"응?"

"3월부터 촬영 들어갈 거 생각하면 베벌리힐스에 집 한 채 사두는 것도 나쁘지 않을 거 같아서요."

맷 데이먼이 고개를 끄덕였다.

"나쁘지 않네. 생각 있으면 말해. 그 녀석보고 도와주라 할 테니까."

"더 이상 그 녀석이라고 안 불러도 돼요. 누군지 눈치챘으니까요."

"그래? 누군데?"

"베……"

그때 맷 데이먼이 한수를 보며 외쳤다.

"멈춰. 여기야. 내가 제니퍼 옆집이라고 말했잖아."

"아, 이곳이에요?"

한수는 창문을 내리고서는 고개를 들어 올렸다. 커다란 창

살로 이루어진 대문이 제일 먼저 시야에 들어왔다.

그리고 한눈에 봐도 엄청 커 보이는 대저택이 시선을 사로잡았다.

두 사람이 잠시 기다리는 사이 문이 열렸다.

한수가 렌트카를 끌고 베벌리힐스 안에 있는 대저택에 입성했을 때였다.

이미 대저택 앞에 맷 데이먼의 절친이 마중을 나와 있었다.

그는 한수보다 머리 하나는 더 큰 거구의 장한이었다.

"맷!"

그가 자동차에서 내리는 맷 데이먼을 반갑게 맞이했다.

맷 데이먼이 웃으며 말했다.

"오랜만이야. 아, 그리고 인사해. 새롭게 사귀게 된 내 친구야. 한스라고 너도 알고 있지?"

"그럼. 반가워, 한스. 보고 싶었어."

굵직하고 야성미 넘치는 목소리가 터져 나왔다.

한수도 마주 손을 내밀며 말했다.

"반가워요, 벤."

CHAPTER
6

"만나서 반가워, 한스. 언젠가 맷이 너를 소개해 줄 거라고 생각했지."

그는 벤 애플렉이었다.

배우이자 영화 감독인 그는 어렸을 때부터 알고 지낸 맷 데이먼과 함께 각본을 쓰고 조연으로 출연한 영화 「굿 윌 헌팅」을 통해 이름을 알리기 시작했고 그 이후 「아마겟돈」 같은 영화에 출연하며 인기를 끌었다.

하지만 2003년 개봉한 「데어데블」에 출연했다가 평론가들로부터 혹평을 받고 재기가 불가능할 뻔했지만 그 이후 감독으로 변신에 성공하며 호평을 받았다.

그 후 벤 애플렉은 「배트맨 대 슈퍼맨: 저스티스 리그의 시작」에서 배트맨으로 출연했고 이 영화에서 그는 역대 최고의 싱크로율과 함께 뛰어난 연기력을 보여주며 단연 할리우드 최고의 톱스타 중 한 명으로 떠오를 수 있었다.

"하하, 귀국하기 전날 맷이 친구를 소개해 준다고 해서 같이 왔는데 그게 벤의 집일 줄은 불과 삼십 분 전만 해도 전혀 모르고 있었던 일이에요."

"그래? 맷이 내 이야기를 안 해줬어?"

"아, 스무고개를 했거든요."

"……스무고개, 재미있네. 혹시 「데어데블」 이야기를 꺼낸 건 아니겠지?"

벤 애플렉이 슬쩍 맷 데이먼을 쳐다봤다.

「데어데블」은 그의 흑역사나 다름없었다.

이 영화에 출연했다가 평론가들로부터 혹평을 받았고 흥행도 참패하며 배우로는 재기 불능이라는 평가까지 들었을 정도였다.

한수가 멋쩍게 웃었다.

그 웃음에 벤 애플렉이 눈살을 찌푸렸다.

그러자 맷 데이먼이 고개를 저었다.

"노. 그 이야기는 절대 안 했어. 그게 네 아킬레스건인 걸 알고 있는데 설마 내가 그런 말을 했겠어?"

"휴, 그럼 됐고. 어쨌든 둘 다 모두 환영해. 들어와. 뭐, 딱히 볼 건 없겠지만······."

한수와 맷 데이먼은 그의 집 안에 들어섰다.

제일 먼저 그들은 한쪽 벽면을 화려하게 수놓고 있는 각종 트로피를 볼 수 있었다.

개중에는 황금색으로 빛나는 아카데미 트로피도 볼 수 있었다.

그것은 최우수 각본상으로 2012년에 개봉한 영화 「아르고」를 통해 받은 것이었다.

장식장을 가득 수놓고 있는 수많은 트로피를 보며 한수는 혀를 내둘렀다.

내심 욕심이 생겼다.

자신도 이런 트로피들을 벽면 한가득 장식해 놓고 싶었다. 그렇게 트로피 구경을 하던 도중 벤 애플렉이 한수를 보며 물었다.

"라스베이거스에서 슬롯으로 천만 달러를 벌었다며?"

"벤도 그 이야기를 들었어요?"

"그럼. 지금 할리우드도 그거 때문에 난리도 아니야. 하하. 다들 네가 천운을 타고났다면서 부러워하던걸?"

"그래요?"

한수가 쑥스러운 얼굴로 미소를 지었다.

그 모습을 보던 벤이 맷 데이먼을 보며 말했다.

"진짜 너는 축이 타고났나 봐."

"응?"

"저렇게 운이 좋다 보니까 이번에 네가 찍기로 한 폴 그린그 래스 감독님의 신작 영화도 대박 날 거라는 말이 많더라고. 그 럴 줄 알았으면 내가 진즉에 출연할 걸 그랬나 봐."

"진짜? 지금이라도 폴한테 연락할까? 네가 악역으로 나오면 딱일 텐데 말이야."

벤 애플렉이 황당한 얼굴로 소리쳤다.

"미쳤어? 내가 배트맨으로 출연 중인 거 까먹었어? 그런데 나보고 악역을 하라고? 그랬다가는 디시하고 워너 브라더스에 서 바로 고소가 들어올 텐데? 하하."

미국은 고소가 발달한 나라다.

최고의 선역 캐릭터 중 한 명인 배트맨으로 출연 중인 벤 애 플렉이 갑자기 악역을 맡아버리면 그 간극이 너무 크기 때문 에 문제가 생길 수도 있다.

맷 데이먼이 아쉬운 얼굴로 말했다.

"아쉽네. 너는 악역하면 딱 어울리는 얼굴인데 말이야."

"……칭찬으로 들어도 되는 거 맞지?"

"그럼. 칭찬이지. 하하."

두 사람이 소탈하게 대화를 나누고 있을 무렵 한수는 줄곧 아카데미 트로피를 비롯한 각종 트로피를 꼼꼼하게 둘러보고 있었다.

하나하나 그의 시선을 사로잡기에 충분했다.

보면 볼수록 욕심이 생기고 있었다.

그것도 잠시 남자 셋이 모였는데 딱히 할 일이 있을 리가 없었다.

벤 에플렉이 눈살을 찌푸렸다.

그의 세 자녀는 전처와 잠시 여행을 떠난 상태이기 때문에 집 안은 무척 조용했다.

남자 셋이서 할 수 있는 거라고 해봤자 텔레비전을 보거나 혹은 포커를 치는 것 정도였다.

그러나 그것도 오래 가긴 힘들었다.

그렇다고 파티를 열기도 어려웠다. 그러기에는 맷 데이먼과 벤 애플렉 둘 다 나이가 많았다.

둘 다 곧 있으면 쉰이 되는 나이였다.

그렇게 하릴없이 마지막 하룻밤을 남자 셋이서 보내야 하나 싶은 생각을 하고 있을 때였다.

맷 데이먼이 누군가의 전화를 받았다.

그리고 그가 놀란 얼굴로 휴대폰을 계속해서 가리켰다.

벤 에플렉이 양손을 좌우로 펼치며 누구냐고 계속 눈짓을 해 보였다.

맷 데이먼이 그 모습에 입을 뻐끔거리며 소리 나지 않게 말했다.

'제니퍼 로렌스.'

"뭐?"

벤 애플렉이 눈을 휘둥그레 떴다.

설마 제니퍼 로렌스가 이 시간에 전화를 해올 줄은 몰랐다.

그건 맷 데이먼이나 한수도 마찬가지였다.

잠시 뒤, 전화를 끊은 맷 데이먼이 한수를 격하게 끌어안았다.

"맷, 왜 그래요?"

"제니퍼가 놀러 오라는데?"

"예? 그게 무슨 소리예요?"

"나보고 아직도 라스베이거스에 있냐고 묻기에 베벌리힐스라고 이야기했더니 어디냐고 해서 벤 애플렉 집에 있다고 하니까 놀러 오라고 하더라고."

"와, 맷 능력 좋네요. 제니퍼가 그런 말을 하게 하다니……."

"내가 아니야! 인마."

"예?"

"너 때문에 놀러 오라고 한 거라고. 저번에 이야기 못 들었어? 제니퍼가 네 팬이라고 했잖아. 내가 볼 때는 너 노래를 듣고 싶은 모양이던데?"

한수가 손사래를 치며 말했다.

292 채널마스터 12
CHANNEL MASTER

"설마요. 그리고 저는 여자친구가 있잖아요."

벤 애플렉이 웃으며 입을 열었다.

"있으면 어때? 그냥 가볍게 팬미팅한다고 생각하면 그만이지. 안 그래?"

"그럼. 이건 벤의 말이 맞네."

"팬미팅이라니……."

아직 한국에서도 팬미팅을 진행해 본 적 없는 한수였다.

그런데 이곳 할리우드에서, 그것도 할리우드 스타들을 상대로 팬미팅을 한다는 게 어색할 수밖에 없었다.

그러나 두 사람을 이겨내기는 힘든 일이었다.

게다가 이곳에서 특별히 할 일도 없었다.

가뜩이나 무료한 탓에 그들 모두 질려가고 있었으니까.

제니퍼 로렌스의 저택은 벤 애플렉 저택 바로 옆에 위치해 있었다. 그 덕분에 세 사람은 차를 타지 않고 걸어서 이동할 수 있었다.

그래도 초대받아 가는 것인데 빈손으로 갈 수는 없었다.

그래서 그들은 벤 애플렉의 집에서 근사한 와인 세 병을 선별한 다음 그것을 동봉한 채 가는 중이었다.

그뿐만 아니라 한수는 벤 애플렉의 집에 있던 통기타 하나를 들쳐 메고 있었다.

처음에는 가져가지 않으려 했는데 벤 애플렉과 맷 데이먼이 억지로 들쳐 메게 한 것이었다.

그렇게 그들은 희희낙락한 표정을 지은 채 제니퍼 로렌스의 저택 앞에 도착할 수 있었다.

그리고 벤 애플렉이 심호흡하며 초인종을 눌렀다.

맷 데이먼이 그런 모습을 보며 물었다.

"뭐야? 이웃사촌인데 한 번도 인사 나눈 적이 없어?"

"……뭐 어쩌다 보니……."

"하여간."

그때 여자 목소리가 들렸다.

-누구세요?

제니퍼 로렌스, 그녀였다.

벤 애플렉이 어색한 목소리로 말했다.

"저 벤입니다. 벤 애플렉이요."

"제니퍼. 나야. 문 좀 열어줘."

그때였다.

제니퍼 로렌스가 튕기기 시작했다.

-음, 누군지 어떻게 믿고 열어드리죠?

"뭐야? 전화라도 할까?"

-그건 됐고. 노래 한 곡 들어볼 수 있을까요? 한스 씨도 같이 온 거 아닌가요?

이미 그녀는 알고 있었다.

벤 애플렉이나 맷 데이먼이 한수하고 함께 온 것을 알고 있었기 때문이다.

그런데도 불구하고 이렇게 짓궂은 요구를 하는 건 다른 게 아니었다.

한수의 노래를 라이브로 청해 듣고 싶다는 게 진짜 목적일 터였다.

맷 데이먼과 벤 애플렉이 슬그머니 한수를 쳐다봤다.

한수는 새빨개진 얼굴로 주변을 둘러봤다.

다행히 저녁 시간인 탓에 지나다니는 사람은 거의 없었다.

그러나 파파라치가 주변에 있을지도 모를 일이었다.

한수가 스피커폰에 대고 물었다.

"안에 들어가서 하면 안 될까요? 이곳에는 아무래도 파파라치들이 있을 거 같아서요."

-음...... 그건 안 되겠는데요?

한수는 한숨을 길게 내쉬었다.

그것도 잠시 지금 갑은 그녀였다.

자신들은 을이었다.

고민하던 한수는 하는 수 없이 들쳐 메고 있던 통기타를 손에 쥐었다.

고민하던 그가 제니퍼 로렌스를 향해 물었다.

"원하는 노래라도 있나요?"

-음······.

잠시 고민하던 제니퍼 로렌스가 웃으며 말했다.

그러고 보니 에드 시런 콘서트에서 오프닝 공연을 했다는 기사를 봤어요. 「Thinking Out Loud」를 불러줄 수 있어요?

"물론이죠. 에드 시런의 모창도 원하나요?"

-아뇨. 한스 씨의 목소리로 듣고 싶어요.

한수는 그 말에 목소리를 가다듬었다.

그리고 천천히 노래를 부르기 시작했다.

When your legs dont work like they used to before.
너의 다리가 예전처럼 움직이지 않을 때.

영원한 사랑을 약속하는 노래가 감미롭고 부드러운 한수의 목소리를 타고 흘러나왔다.

노래가 흘러나오면 흘러나올수록 벤 애플렉과 맷 데이먼도 한수의 노래에 푹 빠져들었다.

그렇게 4분 30초 정도 되는 노래가 끝이 났다.

그리고 동시에 육중한 소리를 내며 닫혀 있던 문이 열렸다.

제니퍼 로렌스, 그녀가 이들 세 남자의 방문을 허락한 것이었다.

그들 세 사람은 설레는 감정을 억누르며 제니퍼 로렌스의 집 안에 들어섰다.

넓고 기다란 실외 수영장을 지나쳐서 작은 분수대 앞을 통과한 뒤에야 그들은 제니퍼 로렌스의 저택에 다다를 수 있었다.

한수가 문을 두드렸다.

얼마 지나지 않아 제니퍼 로렌스가 문을 열고 모습을 드러냈다.

그녀가 환하게 웃는 얼굴로 그들을 반겼다.

"맷, 벤! 어서 와요. 한스 씨도 반가워요. 오랜만이죠?"

맷 데이먼이 그런 제니퍼 로렌스를 보며 투덜거렸다.

"제니퍼, 장난이 너무 지나친 거 아니야? 한스가 얼마나 당황했다고."

오히려 부추기던 맷 데이먼을 한수가 힐끔 쳐다봤다.

그러자 그 말에 제니퍼 로렌스가 미안해하며 말했다.

"미안해요. 사실 저는 그럴 생각이 없었는데 제 친구들이 꼭 한스 씨 노래를 듣고 싶다고 해서요."

"친구들?"

벤 애플렉이 고개를 갸웃거렸다.

맷 데이먼도 의아한 얼굴로 제니퍼 로렌스를 바라봤다.

제니퍼 로렌스가 멋쩍게 웃으며 말했다.

"친한 친구들이 놀러 왔다가 우리 집에서 머무르고 있었거든요."

그리고 하나둘 빼꼼 빼꼼 얼굴을 내밀더니 제니퍼 로렌스의 친구들이 제니퍼 로렌스 뒤쪽으로 몰려들었다.

그녀들을 본 맷 데이먼이 한수와 벤 애플렉을 보며 부러운 듯 미소를 지었다.

몇 년 전 이혼한 벤 애플렉과 아직 결혼하지 않은 한수와 달리 맷 데이먼은 대단히 가정적인 남자였다.

그렇다 보니 제니퍼 로렌스의 미녀 친구들을 봐도 맷 데이먼 입장에서는 크게 의미 없었다.

하지만 이 두 총각에게는 색다르게 다가올 터였다.

특히 한수에게는 더욱더 남다를 터였다.

"반가워요."

제니퍼 로렌스의 친구들이 살갑게 인사를 건넸다.

한수가 얼굴을 붉히며 대답했다.

"반갑습니다."

벤 애플렉도 환하게 미소 지었다.

"하하, 다들 제니퍼 집에 있었군요."

엠마 스톤, 엠마 왓슨 그리고 엘리자베스 뱅크스까지. 할리우드의 유명 여배우들이 이곳에 모여 있었다.

벤 애플렉이나 맷 데이먼 모두 헤벌쭉한 웃음을 흘렸다.

그야말로 꽃밭이 따로 없었다.

그들 한 명, 한 명이 할리우드 톱스타였다. 그녀들과 함께 홈파티를 즐길 수 있게 됐으니 기쁘지 않을 수가 없었다.

유부남이든 돌싱이든 간에 기쁜 건 매한가지였다.

"어서 들어오세요."

제니퍼 로렌스가 그들을 향해 손짓했다.

한수와 벤 애플렉 그리고 맷 데이먼은 헛기침을 하며 그녀 집 안으로 들어섰다.

겉보기와 달리 그녀 집 안은 소박하고 필요한 물건들로만 채워져 있었다.

한수와 벤 애플렉이 제니퍼 로렌스에게 선물로 가져온 와인 네 병을 건넸다.

하나하나 꽤 값비싼 와인들로 벤 애플렉이 보관 중이던 것 중 특상품들로만 챙겨온 것이었다.

제니퍼 로렌스가 환하게 웃으며 말했다.

"고마워요, 벤."

"하하, 꽃밭에 초대받았는데 이 정도 선물은 당연히 가져와 야죠."

"우리끼리 놀고 있어서 심심했었는데 저희가 잘된 일이죠. 아직 저녁은 안 먹었죠?"

"예. 우리끼리 저녁을 해 먹으려고 하다가 연락을 받고 오게 된 거죠. 사실 한스가 요리를 해준다고 했었거든요. 제니퍼도 알고 있죠? 한스가 요리 엄청 잘한다는 거요."

"진짜요? 그럼 저희야 환영이죠. 사실 저하고 엠마가 요리를 하기로 했는데…… 둘 다 요리를 썩 잘하는 편은 아니라서요. 한스 씨가 도와주신다면 고맙죠."

제니퍼 로렌스가 눈웃음을 그렸다.

한수가 얼떨떨한 얼굴로 벤 애플렉을 쳐다봤다.

요리하는 건 어려운 일이 아니었다.

하지만 애초에 벤 애플렉 집에 있을 때 어떻게 저녁을 때울까 고민하던 그들은 피자라도 한판 시켜먹을 생각을 하고 있었다.

그런데 갑자기 제니퍼 로렌스 집에 온 뒤 이야기가 백팔십도 바뀌어버린 것이었다.

옆에서 지켜보던 맷 데이먼이 한수를 보며 넌지시 말했다.

"한스, 두 분 좀 도와드려. 우리는 거실에 있을게."

"……"

한수는 말없이 고개를 끄덕였다.

그들 모두 경력을 떠나서 한수만 한 자식을 두고 있는 아저씨들이다.

그런데 자신이 그들한테 요리를 맡길 수는 없는 노릇이었다. 게다가 두 명의 미녀가 보조를 맡아줄 예정이었다.

그것이면 충분했다.

제니퍼 로렌스가 한수를 보며 말했다.

"손님으로 초대했는데 이렇게 요리까지 부탁해서 미안해요."

"아뇨, 괜찮습니다. 어려운 일도 아니고 이 정도는 충분히 해드릴 수 있는 일이죠."

한수는 소매를 걷어붙이며 주방에 들어섰다.

재료는 냉장고에 한가득 쌓여 있었다.

남은 건?

실력을 발휘하는 것뿐이었다.

미국인들이 홈파티를 즐기는 이유는 법 제도 때문이다.

베벌리힐스가 속해 있는 캘리포니아 주 같은 경우 천장이 없는 곳에서 술을 마시면 불법인데 새벽 2시 이후로는 마트든

Bar든 술을 판매하는 게 금지되어 있다.

게다가 미국은 워낙 땅덩어리가 넓다 보니 차 없이 돌아다니는 건 여간 힘든 일이 아니다.

그런 복합적인 법제도 때문에 홈파티를 즐기게 된 셈이다.

어쨌든 한수는 제니퍼 로렌스의 집에 있는 냉장고에서 다양한 재료들을 꺼내 놓고 본격적으로 요리를 시작했다.

우선 그가 제일 먼저 만들기 시작한 건 샐러드였다.

한수가 직접 채소를 다듬은 다음 샐러드를 접시에 담는 건 제니퍼 로렌스와 엠마 스톤에게 맡긴 뒤 한수는 비법 소스를 만들어냈다.

순식간에 샐러드가 완성됐고 그다음 한수는 이번에는 파스타를 삶기 시작했다.

그러면서 마늘을 슬라이스해서 자르고 새우를 손질한 뒤 올리브유를 넣고 볶아냈다.

새우가 빨개졌을 때 적당히 삶은 파스타면을 팬에 넣고 한수는 재차 한 번 더 볶았다.

접시에 포크로 돌돌 말아 담아낸 뒤 그 위에 파마산치즈를 뿌리자 먹음직스러운 알리오올리오가 완성이 됐다.

그러는 사이 오븐에 넣어뒀던 닭구이도 먹음직스럽게 구워져서 나왔다.

그 이후로도 한수는 계속해서 실력을 발휘해 가며 여러 가지 요리를 다양하게 만들어냈다.

옆에서 한수를 보조하고 있던 제니퍼 로렌스와 엠마 스톤 둘 다 눈을 동그랗게 뜨며 한수를 쳐다봤다.

요리를 잘한다는 건 이야기를 들어 알고 있었다.

한수가 승기기 지역에서 촬영했던 「무엇이든 만들어드려요」가 미국에도 알려졌기 때문이다. 제시 리, 그러니까 서윤이 만든 유튜브 영상도 그렇고 또 「무엇이든 만들어드려요」에 방문했던 미국인들이 올린 리뷰도 적잖게 영향을 미쳤다.

그렇지만 이야기를 들은 것과 실제로 보는 것에는 여러모로 차이가 있을 수밖에 없었다.

제니퍼 로렌스가 한수를 보며 말했다.

"한스 씨 여자친구는 참 좋겠네요."

"네?"

"한스 씨가 못 하는 게 없잖아요. 아랍에미리트에 휴가를 보내러 갔다가 만난 거 맞죠?"

한수가 계속해서 요리를 하며 대답했다.

"예, 맞습니다. 그때 처음 만났죠."

"그런데 둘이 아무래도 자주 만나기는 어렵겠어요. 그렇죠?"

"그럴 수밖에 없긴 하죠. 그녀는 지금 파리에 있거든요. 패션쇼 때문에 한동안 바쁘다고 하더라고요."

"흐음, 그래요?"

제니퍼 로렌스가 그 말에 웃으며 말을 이었다.

"그렇다면 이래저래 힘들겠네요. 아무래도 장거리 연애라는 게 여간 힘든 게 아니더라고요."

"아……."

"그보다 영화 준비는 어때요? 「본 트릴로지」보다 액션씬이 더 많고 개중에는 꽤 과격한 액션씬도 필요할 거라고 하시더라고요. 준비는 잘하고 있어요?"

"물론이죠. 최선을 다해 준비할 생각입니다."

"다행이네요. 사실 소속사에서 여러 차례 반대를 했어요. 굳이 위험을 무릅쓰고 이번 영화에 출연할 이유가 있냐고 하더라고요."

한수가 고개를 끄덕였다.

그녀 말은 뭐 하나 틀린 게 없었다.

실제로 할리우드에서도 그녀의 선택을 두고 말이 많이 나오고 있었다.

굳이 그녀가 폴 그린그래스 감독의 영화라고 해도 동양인 배우를 주연 배우로 쓴 이번 영화에 출연해야 했느냐 하는 이야기가 많았다.

그것은 영화를 보는 팬들 때문이다.

물론 전 세계에 개봉된다면 이야기가 다르겠지만 미국에서 개봉될 경우 극장을 찾는 대부분의 사람들은 백인인 경우가 많다. 그리고 당연히 백인들은 백인 배우에 더 열광할 수밖에 없다.

그렇기 때문에 동양의 신화나 전설 혹은 애니메이션이나 만화 등을 할리우드에서 수입해 올 때도 백인 배우를 주연 배우로 대체하게 되는 것이다.

「닥터 스트레인지」에서 틸다 스윈튼이 연기한 에인션트 원도 비슷한 논란에 휩싸인 적 있었다.

이는 「공각기동대」에서 스칼렛 요한슨이 휩싸인 논란도 같았는데 이른바 화이트워싱(White Washing)이란 것이다.

화이트워싱이란 동양인 역할을 백인으로 바꾸거나 백인 배우가 동양인인 것처럼 연기하는 것을 나타내는 말이다.

틸다 스윈튼이 연기한 에인션트 원은 티베트인이고 스칼렛 요한슨이 연기한 메이저 역시 일본인 사이보그였다.

그런데 폴 그린그래스 감독은 그 사회적인 현상, 즉 주류를 정면으로 거스르는 영화를 만들기로 한 것이다.

그것 때문에 제니퍼 로렌스가 영화 출연을 확정지었는데도 불구하고 여전히 투자사들의 반응은 싸늘한 편이었다.

실제로 월스트리트에서 일하는 투자전문가들도 기대 수익을 낮게 보고 있었다.

한수가 그녀를 바라봤다.

제니퍼 로렌스가 입을 열었다.

"저는 그 편견에 맞서야 한다고 생각해요. 그래서 출연하기로 결심한 거예요."

"어려운 결정을 내리셨군요."

"그만큼 한스 씨가 백인 관객들을 사로잡을 만큼 멋있는 연기를 보여주리라 믿고 있어요."

그러는 사이 디저트를 뺀 모든 요리가 완성이 됐다.

"이봐요! 다들 한스 씨가 만든 요리 좀 와서 나르지 그래요?"

엠마 스톤이 거실에 모여 있는 사람들을 불러모았다.

둘둘씩 짝을 이뤄 한창 대화 중이던 남은 사람들이 거실로 와서 상을 차리기 시작했다.

한스가 만들고 제니퍼 로렌스와 엠마 스톤이 도와서 완성한 요리가 커다란 식탁 위를 가득 메웠다.

하나같이 먹음직스러워 보이는 요리에 다들 감탄을 토해냈다.

그리고 벤 애플렉이 직접 자신이 가져온 와인을 딴 뒤 잔을 채웠다.

"치어스!"

"치어스!"

동시에 할리우드 배우들끼리의 홈파티가 본격적으로 열렸다.

한수는 지끈거리는 머리를 억누르며 자리에서 일어났다.

어젯밤 그들은 웃고 떠들며 푸짐한 요리와 맛있는 와인을 즐겼다.

덕분에 시간 가는 줄 모르고 밤새 즐겁게 놀 수 있었다.

저녁 비행기였기에 망정이지 오전 비행기였으면 비행기를 놓 쳤을지도 몰랐다.

한수는 부스럭거리며 잠에서 깼다.

그리고 그는 푹신한 침대에서 눈을 뜰 수 있었다.

옷은 어제 입었던 그대로였다.

그는 주변을 둘러봤다.

침대와 가구를 빼면 평소에는 비워두고 있는 방인 듯했다.

침실만 11개 정도 있다고 했으니 친구가 놀러 와도 재워주 는 건 하등 문제가 없을 터였다.

한수가 가까스로 잠에서 깬 뒤 기지개를 켜며 일어났을 때 였다.

누군가 문을 두드렸다.

"예, 누구세요?"

"들어가도 될까요?"

제니퍼 로렌스였다. 한수가 흔쾌히 대답했다.

"들어와도 돼요."

"그럼 들어갈게요."

제니퍼 로렌스가 방 안에 들어왔다.

시스루 차림을 하고 있는 그녀는 접시 하나를 들고 있었다. 그리고 그 접시 위에는 간단히 먹을 수 있는 토스트와 계란 스크램블 그리고 베이컨이 담겨 있었다.

"그건……."

"아침이에요. 아, 아침 겸 점심이라고 해야 하려나."

한수가 옆에 놓인 휴대폰을 들어 시간을 확인했다.

오전 11시.

아침이라고 하기에도 모호하고 점심이라고 하기에도 모호한 시간대였다.

"혹시 해서 준비했어요. 여기 둘게요."

제니퍼 로렌스가 미소를 지으며 접시와 포크를 침대 옆 간이 탁자 위에 올려뒀다.

그때였다.

곰곰이 뭔가를 생각하던 제니퍼 로렌스가 깜짝 놀란 얼굴로 말했다.

"아, 미안해요. 생각해 보니 커피도 같이 갖고 온다는 걸 깜빡했어요. 잠시만요."

그녀가 허둥지둥거리다가 다급히 주방으로 달려갔다.

그 모습을 보던 한수는 쿡쿡거리며 웃음을 흘릴 수밖에 없었다.

생각했던 것 이상으로 그녀는 소박했고 또 귀여웠으며 매력이 있었다.

괜히 그녀가 이십 대 할리우드 여배우 중에서 톱으로 손꼽히는 게 아니었다.

실제로 작년까지만 해도 할리우드는 제니퍼 로렌스, 엠마 스톤 그리고 엠마 왓슨 이렇게 세 명이 이십대 여배우 트로이카를 형성하고 있었다.

지금은 엠마 스톤이 미국 나이로 서른 살이 되며 그 트로이카는 깨졌지만 여전히 이들 세 명이 할리우드에서 행사하고 있는 영향력은 대단히 막강한 것이었다.

제니퍼 로렌스가 출연하기로 한 덕분에 폴 그린그래스 감독의 신작 영화에 더 많은 투자가 몰린 것도 사실이었다.

그녀는 「패신저스」에서 한 차례 흥행 부진을 겪긴 했지만 그 이후로 계속 연달아 자신이 주연으로 나온 영화를 흥행시키며 단연 최고의 여배우 중 한 명으로 자리매김하고 있었으니까.

제니퍼 로렌스가 커피를 가지고 오기 위해 주방으로 갔을 때 한수는 휴대폰을 재차 집어들었다.

마저 확인해야 할 게 있었다. 아까 전 시계를 확인했을 때 메시지가 온 걸 봤기 때문이다.

그리고 메시지를 봤을 때 한수는 그것을 보며 눈을 휘둥그레 떴다.

[한스, 저 지금 로스앤젤레스로 가고 있어요. 빠르면 오후 1시 전에는 도착할 거 같아요. 공항에서 봐요]

문자를 보낸 건 다름 아닌 애쉴리였다.

파리에 있던 그녀가 자신을 보기 위해 이곳으로 직접 오고 있는 것이었다.

to be continued